“

आधुनिकता-बोध की जिस कसौटी पर कहानी को परखा जाने लगा है उससे मैं सहमत नहीं हूँ। जहाँ कहानी जीवन से साक्षात्कार कराती है, उसके भीतर पाए जाने वाले अन्तर्विरोधों से साक्षात कराती है, वहाँ वह अपने आप ही समय और युग का बोध भी कराती है। पर यदि आधुनिक 'भाव-बोध' को साहित्य का विशिष्ट गुण मान लिया जाए तो हम दिग्भ्रमित ही होंगे। यदि कहानी में अवसाद है, मूल्यहीनता का भाव है, अनास्था है तो वह कहानी आधुनिक, और...चूँकि आधुनिक है, इसलिए उत्कृष्ट है, इस प्रकार का तर्क मुझे प्रभावित नहीं करता। अपना भाग्य ढोते हुए इनसान का चित्र आधुनिक है, पर अपने भाग्य से जूझते हुए इनसान का चित्र असंगत है, अनास्था आधुनिक है, आस्था असंगत है, मृत्युबोध आधुनिक है, जीवन-बोध असंगत और निरर्थक है, इस प्रकार के तर्क के आधार पर साहित्य को परखना और उसके गुण-दोष निकालना ज़िन्दगी को भी और साहित्य को भी टेढ़े शीशे में से देखने की कोशिश है।

”

मेरी प्रिय कहानियाँ

भीष्म साहनी

राजपाल

स्थापित 1912
100 वर्षों की
श्रेष्ठ प्रकाशन परम्परा
राजपाल

₹ 225

ISBN : 9789350640692

पहला संस्करण : 2012, सातवाँ संस्करण : 2025

MERI PRIYA KAANIYAN (Stories) by Bhishm Sahani

मुद्रक : शीतल प्रिंट्स, दिल्ली

राजपाल एण्ड सन्ज़

1590, मदरसा रोड, कश्मीरी गेट, दिल्ली-110006

फोन : 011-23869812, 23865483, 23867791

e-mail : sales@rajpalpublishing.com

www.rajpalpublishing.com

www.facebook.com/rajpalandsons

भूमिका

ये कहानियाँ मुझे क्यों प्रिय हैं, मैंने अपनी आज तक कि लिखी सभी कहानियों में से क्यों इन्हीं को चुनकर रख दिया है, इस प्रश्न का उत्तर देना बहुत आसान नहीं है। कोई कहानी इसलिए प्यारी लगने लगती है कि उसे लिखते समय एक विशेष प्रकार के सुख का अनुभव हुआ हो, कलम चल निकली हो, कहानी सुभीते से लिखी गई हो, एक विशेष प्रकार के भावनात्मक माहौल में देर तक बने रहने का सुअवसर मिला हो, और इस बात का भी आश्वासन मिला हो कि मैंने जिन उद्गारों के बल पर कहानी लिखना शुरू किया था, वे अन्त तक ठण्डे नहीं पड़े, बल्कि अन्त तक मेरे साथ बने रहे हैं। एक कारण यह भी हो सकता है कि कोई कहानी छपने पर लोकप्रिय हुई हो, पाठकों ने उसे सराहा हो, और पाठकों को प्रिय लगने पर मुझे भी प्रिय लगने लगी हो। ऐसा कहानी-लेखन के आरम्भिक काल में तो अवश्य होता है, जब लेखक बेताबी से पाठकों की प्रतिक्रिया का इन्तज़ार करता है और कहीं से सराहना का पत्र आ जाने पर गद्गद हो उठता है, तब वही कहानी जिसके बारे में पहले आशंका-सी बनी हुई थी और मन डोल-डोल जाता था, सराहे जाने पर उसका एक-एक वाक्य सार्थक और महत्त्वपूर्ण लगने लगता है। कहानी पाठकों में स्वीकृत हुई, अपने आप ही लेखक को भी अच्छी लगने लगी। पर शायद एक और कारण भी रहता है, और उसका सीधा सम्बन्ध कहानी की लेखन-प्रक्रिया से है, उस उधेड़बुन से जिसमें से कहानी अपना रूप ले पाती है। अपने किसी अनुभव को लेकर, अथवा किसी घटना से प्रेरणा लेकर जब लेखक कहानी लिखने बैठता है तो वह एक तरह से वास्तविकता को गल्प में बदलने के लिए बैठता है, यथार्थ को कला का रूप देने के लिए। लेखक यथार्थ का दामन नहीं छोड़ता, और साथ ही साथ उसका काया-पलट भी करने लगता है, ताकि वह मात्र घटना का ब्योरा न रह कर कहानी बन जाए, कला की श्रेणी में आ जाए। इसी प्रक्रिया में से गुज़रते हुए कभी-कभी ऐसे बिन्दु पर पहुँचता

है, जहाँ कलम रुक जाती है, लेखक नहीं जानता कि वह किस ओर को बढ़े, घटना अथवा अनुभव से जितना निबटना था, निबट लिया। अब आगे क्या हो, कहानी में उठान कैसे आए, वह कहानी कैसे बने, यह बिन्दु लेखक की सबसे कठिन घड़ी और सबसे बड़ी चुनौती होती है, अगर उस वक्त कल्पना लेखक का साथ दे जाए, उसे कुछ सूझ जाए, जो उस कथानक में से फूटकर निकला भी हो और उसके विकास का अगला, स्वाभाविक चरण भी बन जाए, तो जिस कहानी में ऐसी सूझ ने रास्ता दिखाया हो, वह लेखक को प्रिय लगने लगती है। आप किसी गली में चलते जा रहे हैं और सहसा आपको लगे कि आगे गली बन्द है कि आप अन्धी गली के नाके पर आ पहुँचे हैं, यदि उस विकट घड़ी में आप के सामने रास्ता खुल जाए, और आप इत्मीनान से आगे बढ़ सकें तो जो राहत, जो खुशी, तसल्ली, आपको उस समय होगी, वैसी ही राहत लेखक को भी नसीब होती है, जब वह उस आड़ी स्थिति में से निकल आता है। अपनी ओर से लेखक यदि कुछ जोड़ता है तो वह यही कुछ होता है। ऐसा अनुभव कहानी को लेखक की नज़र में भी प्रिय बना देता है। उसे लगने लगता है कि अब तलवार मार ली, अब कहानी चल निकलेगी।

पर यह लेखक की अपनी निजी दुनिया की बात है, उसके आन्तरिक संघर्ष की, जिसमें वह कहानी लिखने की प्रक्रिया से जूझ रहा होता है। यह ज़रूरी नहीं कि कहानी का जो रास्ता उसे सूझा हो, और जो उसे आश्वस्त कर गया हो वह पाठक को भी आश्वस्त करे, यह लेखक का अपना अन्दरूनी मामला है, कहानी के गुण-दोष के साथ उसका सीधा सम्बन्ध नहीं होता, हालाँकि अक्सर देखने में आया है कि यह समाधान कहानी के कलापक्ष के लिए निर्णायक साबित होता है।

मुझे ये कहानियाँ प्रिय हैं, क्योंकि मेरे लेखन-संघर्ष से जुड़ी हैं, मगर आपको तो कहानी पढ़ना है, कहानी अच्छी होगी तो आपको सन्तोष होगा, कहानी पसन्द नहीं आएगी तो आप सिर झटक देंगे, और मेरी सारी वकालत के बावजूद कह देंगे कि बात नहीं बनी।

कहानी से जुड़े बहुत से सवाल बहस तलब होते हैं। अपनी-अपनी पसन्द भी होती है। पर निश्चय ही कहीं पर अच्छी कहानी को व्यापक स्तर पर मान्यता का आधार मिलता है, जिससे उसकी सामान्य लोकप्रियता सुनिश्चित हो जाती है। इस लोकप्रियता के क्या कारण होते हैं, इनका विश्लेषण करना कठिन है।

अपने तयीं मुझे ऐसी कहानियाँ पसन्द हैं, जिनमें अधिक व्यापक स्तर पर सार्थकता पाई जाए। व्यापक सार्थकता से मेरा मतलब है कि अगर उनमें से कोई सत्य झलकता है तो वह सत्य मात्र किसी व्यक्ति का निजी सत्य ही न रहकर बड़े पैमाने पर पूरे समाज के जीवन का सत्य बनकर सामने आए, जहाँ वह अधिक व्यापक सन्दर्भ ग्रहण कर पाए, किसी एक की कहानी न रह कर पूरे समाज की कहानी बन जाए, जहाँ वह हमारे यथार्थ के किसी महत्त्वपूर्ण पहलू को उजागर करती हुई अपने परिवेश में सार्थकता ग्रहण कर ले। ऐसी कहानी मेरी नज़र में अधिक प्रभावशाली और महत्त्वपूर्ण होती है।

कहानी की मूल प्रेरणा जीवन से ही मिलती है। कहीं न कहीं, कोई जाना-पहचाना पात्र, कोई वास्तविक घटना, उसकी तह में रहते हैं। पूर्णतः कल्पना की उपज कहानी नहीं होती, कम से कम मेरा ऐसा ही अनुभव है, ज़िंदगी ही आपको कहानियों के लिए कच्ची सामग्री जुटाती है, जहाँ हम समझते हैं कि कहानी हमने मात्र अपनी 'सोच' में से निकाली है, वहाँ भी उसे किसी न किसी रूप में जीवन का ही कोई संस्कार अथवा प्रभाव अथवा अनुभव का ही कोई निष्कर्ष उत्प्रेरित कर रहा होता है। पर जहाँ कहानी का पूरा ताना-बाना काल्पनिक हो, जो मात्र कल्पना के सहारे लिखी जाए, वहाँ कहानी के चूल अक्सर ढीले ही होते हैं, ऐसा मैंने पाया है। दृष्टांत कथाओं की बात अलग है, वहाँ कहानी की समूची परिकल्पना ही विभिन्न स्तर पर होती है।

मैं नहीं मानता कि कहानी मात्र आत्माभिव्यक्ति के लिए लिखी जाती है। सचेत रूप से, किसी लक्ष्य को लेकर भले ही उसे न लिखा जाता हो, परन्तु कला उस साझे जीवन की ही उपज होती है जो हम अपने समाज में अन्य लोगों के साथ मिलकर जीते हैं। कला हज़ारों तन्तुओं के साथ उस जीवन के साथ जुड़ी रहती है। जिस प्रकार का जन्म, मात्र लेखक के मस्तिष्क से नहीं होता, वैसे ही कहानी की उपादेयता भी मात्र लेखक के लिए नहीं होती। लेखक भले ही मर-खप जाए, पर उसकी कहानी ज़िन्दा रह सकती है, वह इसलिए कि वह कुछ कहती है जिसके साथ मानव समाज का सरोकार होता है। चेखव की कहानियाँ, सात समंदर पार बैठे लोग पढ़ते हैं, उनमें रस लेते हैं तो इसलिए कि वे हमें कुछ कहती हैं, हमारे सामने जीवन का कोई सत्य उदघाटित करती हैं, सामाजिक यथार्थ का कोई अन्तर्विरोध, कोई अन्तर्द्वन्द्व उघड़कर सामने आता है। साहित्य सामाजिक जीवन की ही उपज होती है, और समाज के लिए ही उसकी सार्थकता भी होती है। लेखक के लिए यह अनुभूति भी बड़ी सन्तोषजनक होती है कि वह कहाँ

पर जीवन की गहराई में उतर पाया है, मात्र छिछले पानी में ही नहीं लोटता रहा, कहीं जीवन के गहरे अन्तर्द्वन्द्व को पकड़ पाया है। उस अन्तर्विरोध को, जो हर युग और काल में समाज के अन्दर पाए जाने वाले संघर्ष की पहचान कराता है, उन शक्तियों की भी जो समाज को यथास्थिति में बनाए रखना चाहती हैं, और दूसरी ओर उन तत्त्वों को भी जो समाज को आगे ले जाने में सक्रिय हैं, इस अन्तर्विरोध को पकड़ पाना कहानी लेखक के लिए एक उपलब्धि के समान होता है। कहानी का सबसे बड़ा गुण मेरी नज़र में, उसकी प्रामाणिकता ही है, उसके अन्दर छिपी सच्चाई जो हमें ज़िंदगी के किसी पहलू की सही पहचान कराती है। और यह प्रामाणिकता उसमें तभी आती है जब वह जीवन के अन्तर्द्वन्द्वों से जुड़ती है। तभी वह जीवन के यथार्थ को पकड़ पाती है। कहानी का रूप-सौष्ठव, उसकी संरचना, उसके सभी शैलीगत गुण, इस एक गुण के बिना निरर्थक हो जाते हैं। कहानी ज़िंदगी पर सही बैठे, यही सबसे बड़ी माँग हम कहानी से करते हैं। इसी कारण हम किसी प्रकार के बनावटीपन को स्वीकार नहीं करते—भले ही वह शब्दाडम्बर के रूप में सामने आए, अथवा ऐसे निष्कर्षों के रूप में जो लेखक की मान्यताओं का तो संकेत करते हैं, पर जो कहानी में खप कर उसका स्वाभाविक अंग बन कर सामने नहीं आते। प्रामाणिकता कहानी का मूल गुण है। कहानी में यह गुण मौजूद है तो कहानी कला के अन्य गुण उसे अधिक प्रभावशाली और कलात्मक बना पाएँगे। प्रामाणिकता कहानी की पहली शर्त है।

मैं इस विचार से सहमत नहीं जो 'आधुनिकता' को अच्छी कहानी की कसौटी मानता है। आधुनिकता कला का कोई गुण नहीं है। इसलिए जहाँ आधुनिकता ला पाने के लिए जोड़-तोड़ की जाती है—भले ही वह 'मुक्त प्रेम' के प्रसंग दिखाकर हो या शब्दों के नए-नए प्रयोग द्वारा अथवा कहानी को अकहानी का रूप देने की चेष्टा हो—आधुनिक भावबोध के नाम पर ये चेष्टाएँ लेखक का नज़रिया बिगाड़ती हैं। यदि आप जीवन को उसके अन्तर्विरोधों के परिप्रेक्ष्य में देख रहे हैं तो आपकी कहानी में आधुनिकता आएगी ही, यह अनिवार्य है, क्योंकि जीवन के भीतर पाया जाने वाला अन्तर्विरोध वास्तव में जीवन को बदलने वाली शक्तियों और जीवन को यथावत् बनाए रखने वाली शक्तियों के बीच ही विकट संघर्ष का रूप लेता है, और इस तरह युगबोध के स्वर अपने आप ही उसमें से फूट-फूट पड़ते हैं, पर यदि आप आधुनिकता को भाषा, शैली, शिल्प के प्रयोगों से या फिर मात्र सैक्स के उन्मुक्त प्रदर्शन से जोड़ते हैं, और इन तत्त्वों को कहानी में इसलिए

लाने की कोशिश करते हैं कि वह आधुनिक भावबोध की कहानी कहला सके, तो मैं समझता हूँ, यह अपने को धोखा देने वाली बात है।

इसलिए 'आधुनिकता बोध' की जिस कसौटी पर कहानी को परखा जाने लगा है, उससे मैं सहमत नहीं हूँ। जहाँ कहानी जीवन से साक्षात्कार कराती है, उसके भीतर पाए जाने वाले अन्तर्विरोधों से साक्षात् कराती है, वहाँ वह अपने आप ही समय और युग का बोध भी कराती है। पर यदि 'आधुनिक भावबोध' को साहित्य का विशिष्ट गुण मान लिया जाए तो हम दिग्भ्रमित ही होंगे। यदि कहानी में अवसाद है, मूल्यहीनता का भाव है, अनास्था है तो वह कहानी आधुनिक, और चूँकि आधुनिक है, इसलिए उत्कृष्ट है, इस प्रकार का तर्क मुझे प्रभावित नहीं करता। अपना भाग्य ढोते हुए इन्सान का चित्र आधुनिक है, पर अपने भाग्य से जूझते हुए इन्सान का चित्र असंगत है, अनास्था आधुनिक है, आस्था असंगत है, मृत्युबोध आधुनिक है, जीवन बोध असंगत और निरर्थक है, इस प्रकार के तर्क के आधार पर साहित्य को परखना और उसके गुण-दोष निकालना ज़िन्दगी को भी और साहित्य को भी टेढ़े शीशे में से देखने की कोशिश है।

मानव जाति बहुत लम्बी यात्रा करके यहाँ तक पहुँची है। जहाँ इन्सान टूटता और बिखरता रहा है, वहाँ वह जुड़ता भी रहा है। उसकी उपलब्धियाँ उसके अनवरत संघर्ष की उपज हैं, व्यक्तिगत संघर्ष की भी और जातिगत अथवा सामूहिक संघर्ष की भी। सहस्रों शताब्दियों के संघर्ष ने मनुष्य को जीवन में आस्था रखना सिखाया है। हार न मानने वाली मनःस्थिति दी है। यह उसके स्वभाव का नैसर्गिक गुण बन गया है। वह इस आस्था और विश्वास के बल पर ही जीता और अपनी स्थितियों से जूझता आया है, और आज के विकट सन्दर्भ में भी यह स्वभावगत गुण असंगत नहीं हो गए हैं, केवल उनका सन्दर्भ बदल गया है। इसी कारण यदि जीवन के केवल नकारात्मक पहलुओं पर से ही सारा वक्त पर्दा उठाया जाता रहे तो वह भी सही तसवीर नहीं होगी। परस्पर विरोधी अनेक वृत्तियों के रहते हुए भी, मनुष्य जीना चाहता है, अपने जीवन को बेहतर बनाना चाहता है। वस्तुसत्य के दर्शन के साथ-साथ इस संघर्ष, इन इच्छाओं-आकांक्षाओं की अभिव्यक्ति भी कहानी को पूर्णता देती है, उसे प्रामाणिक और विश्वसनीय बनाती है।

और फिर, कहानी मात्र जीवन दर्शन ही कराती हो, ऐसा नहीं है। वह निश्चय ही हमें सचेत भी करती है, हमारे अन्दर दायित्व की भावना भी जगाती है, हमारी अनुभूतियों को अधिक संवेदनशील भी बनाती है, सौन्दर्यबोध के स्तर पर हमारे लिए उत्प्रेरक का काम भी करती है।

ज़ाहिर है कला की जिस विधा में इतने गुण पाए जाते हों, उन पर पूरा उतरना लेखक के बस का नहीं होता। उसकी तो कोशिश ही कोशिश है, यदि कहीं पर मेरे प्रयास किसी हद तक सफल हुए हैं तो मैं अपने प्रयास को सार्थक ही मानूँगा।

नई दिल्ली **भीष्म साहनी**

क्रम

चीफ की दावत

आज मिस्टर शामनाथ के घर चीफ की दावत थी।

शामनाथ और उनकी धर्मपत्नी को पसीना पोंछने की फुर्सत न थी। पत्नी ड्रेसिंग गाउन पहने, उलझे हुए बालों का जूड़ा बनाए, मुँह पर फैली हुई सुर्खी और पाउडर को मले और मिस्टर शामनाथ सिगरेट-पर-सिगरेट फूँकते हुए, चीजों की फेहरिस्त हाथ में थामे एक कमरे से दूसरे कमरे में आ-जा रहे थे।

आखिर पाँच बजते-बजते तैयारी मुकम्मल होने लगी। कुर्सियाँ, मेज, तिपाइयाँ, नैपकिन, फूल सब बरामदे में पहुँच गए। ड्रिंक का इंतजाम बैठक में कर दिया गया। अब घर का फालतू सामान अलमारियों के पीछे और पलंगों के नीचे छुपाया जाने लगा। तभी शामनाथ के सामने सहसा एक अड़चन खड़ी हो गई—माँ का क्या होगा?

इस बात की ओर न उनका और न उनकी कुशल गृहिणी का ध्यान गया था। मिस्टर शामनाथ, श्रीमती की ओर घूमकर अंग्रेज़ी में बोले—माँ का क्या होगा?

श्रीमती काम करते-करते ठहर गईं, और थोड़ी देर तक सोचने के बाद बोलीं—''इन्हें पिछवाड़े इनकी सहेली के घर भेज दो। रातभर बेशक वहीं रहें कल आ जाएँ।''

शामनाथ सिगरेट मुँह में रखे, सिकुड़ी आँखों से श्रीमती के चेहरे की ओर देखते हुए पलभर सोचते रहे, फिर सिर हिलाकर बोले—नहीं, मैं नहीं चाहता कि उस बुढ़िया का आना-जाना यहाँ फिर से शुरू हो। पहले ही बड़ी मुश्किल से बंद किया था। माँ से कहें कि जल्दी ही खाकर शाम को ही अपनी कोठरी में चली जाएँ। मेहमान कहीं आठ बजे आएँगे। इससे पहले ही अपने काम से निपट लें।

सुझाव ठीक था। दोनों को पसंद आया। मगर फिर सहसा श्रीमती बोल उठीं—''जो वह सो गईं और नींद में खर्राटे लेने लगीं, तो? साथ ही तो बरामदा है, जहाँ लोग खाना खाएँगे।''

"तो इन्हें कह देंगे कि अंदर से दरवाजा बंद कर लें। मैं बाहर से ताला लगा दूँगा। या माँ को कह देता हूँ कि अंदर जाकर सोएँ नहीं बैठी रहें, और क्या?"

और जो सो गईं, तो? डिनर का क्या मालूम कब तक चले। ग्यारह-बारह बजे तक तो तुम लोग ड्रिंक ही करते रहते हो।

शामनाथ कुछ खीझ उठे, हाथ झटकते हुए बोले—अच्छी भली यह भाई के पास जा रही थीं। तुमने यूँ ही खुद अच्छा बनने के लिए बीच में टाँग अड़ा दी।

—वाह! तुम माँ और बेटे की बातों में मैं क्यों बुरी बनूँ? तुम जानो और वह जानें।

मिस्टर शामनाथ चुप रहे। मौका बहस का नहीं था। समस्या का हल ढूँढ़ने का था। उन्होंने घूमकर माँ की कोठरी की ओर देखा। कोठरी का दरवाजा बरामदे में खुलता था। बरामदे की ओर देखते हुए झट से बोले—मैंने सोच लिया है और उन्हीं कदमों माँ की कोठरी के बाहर जा खड़े हुए। माँ दीवार के साथ एक चौकी पर बैठी थीं, दुपट्टे में मुँह लपेटे माला जप रही थीं।

सुबह तैयारी होती देखते हुए माँ का भी दिल धड़क रहा था। बेटे के दफ्तर का बड़ा साहब घर आ रहा है, सारा काम सुभीते से चल जाय।

—माँ आज तुम खाना जल्दी खा लेना। मेहमान लोग साढ़े सात बजे आ जाएँगे।

माँ ने धीरे से मुँह पर का दुपट्टा हटाया और बेटे को देखते हुए कहा—आज मुझे खाना नहीं खाना है बेटा, तुम जानते हो, मांस मछली बने तो मैं कुछ नहीं खाती।

—जैसा भी हो, अपने काम से जल्दी निपट लेना।

—अच्छा बेटा।

—और माँ, हम लोग पहले बैठक में बैठेंगे। उतनी देर तुम यहाँ बरामदे में बैठना। फिर जब हम यहाँ आ जाएँ, तो तुम गुसलखाने के रास्ते बैठक में चली जाना।

माँ अवाक् बेटे का चेहरा देखने लगी। फिर धीरे से बोली—अच्छा बेटा।

—और माँ आज जल्दी सो नहीं जाना। तुम्हारे खर्राटों की आवाज दूर तक जाती है।

माँ लज्जित-सी आवाज में बोली—क्या करूँ, बेटा मेरे बस की बात नहीं है। जब से बीमारी से उठी हूँ, नाक से साँस नहीं ले सकती।

मिस्टर शामनाथ ने इंतजाम तो कर दिया, फिर भी उनकी उधेड़बुन खत्म

नहीं हुई। जो चीफ अचानक उधर आ निकला, तो? आठ-दस मेहमान होंगे, देशी अफसर और उनकी स्त्रियाँ होंगी। कोई भी गुसलखाने की तरफ जा सकता है। क्षोभ और क्रोध में वह सिर झुँझलाने लगे। एक कुर्सी को उठाकर बरामदे में कोठरी के बाहर रखते हुए बोले—आओ माँ, इस पर ज़रा बैठो तो।

माँ माला सँभालती, पल्ला ठीक करती हुई उठी, और धीरे से कुर्सी पर आकर बैठ गईं।

—यूँ नहीं माँ, टाँगें ऊपर चढ़ाकर नहीं बैठते। यह खाट नहीं है।

माँ ने टाँगें नीचे उतार लीं।

—और खुदा के वास्ते नंगे पाँव नहीं घूमना, न ही वह खड़ाऊँ पहनकर सामने आना। किसी दिन तुम्हारी वह खड़ाऊँ उठाकर मैं बाहर फेंक दूँगा।

माँ चुप रहीं।

—कपड़े कौन से पहनोगी, माँ?

—जो हैं, वही पहनूँगी, बेटा! जो कहो पहन लूँ।

मिस्टर शामनाथ सिगरेट मुँह में रखे, फिर अधखुली आँखों से माँ की ओर देखने लगे, और माँ के कपड़ों की सोचने लगे। शामनाथ हर बात में तरतीब चाहते थे। घर का सब संचालन उनके अपने हाथ में था। खूँटियाँ कमरों में कहाँ लगाई जाएँ, बिस्तर कहाँ बिछें, पर्दे किस रंग के लगाए जाएँ, श्रीमती कौन-सी साड़ी पहनें, मेज किस साइज की हो—शामनाथ को चिंता थी कि अगर चीफ का साक्षात् माँ से हो गया तो कहीं लज्जित न होना पड़े। माँ को सिर से पाँव तक देखते हुए बोले—तुम सफेद कमीज और सफेद सलवार पहन लो, माँ। पहन के आओ तो ज़रा देखूँ।

माँ धीरे से उठीं और अपनी कोठरी में कपड़े पहनने चली गईं।

—यह माँ का झमेला तो रहेगा—उन्होंने फिर अंग्रेज़ी में अपनी स्त्री से कहा—कोई ढंग की बात हो तो भी कोई कहे। अगर कहीं उल्टी-सीधी बात हो गई, चीफ को बुरा लगा तो सारा मजा जाता रहेगा।

माँ सफेद कमीज और सलवार पहनकर बाहर निकलीं। छोटा-सा कद, सफेद कपड़ों में लिपटा, छोटा-सा सूखा हुआ शरीर, धुँधली आँखें, केवल सिर के आधे झड़े हुए बाल पल्ले की ओट में छिप पाए थे। पहले से कुछ ही कम कुरूप नजर आ रही थी।

—चलो ठीक है। कोई चूड़ियाँ-वूड़ियाँ हों, तो वह भी पहन लो। कोई हर्ज नहीं है।

—चूड़ियाँ कहाँ से लाऊँ बेटा, तुम तो जानते हो सब जेवर तुम्हारी पढ़ाई में बिक गए।

यह वाक्य शामनाथ को तीर की तरह लगा। तिनककर बोले—यह कौन-सा राग छेड़ दिया, माँ। सीधा कह दो, नहीं हैं जेवर, बस। इससे पढ़ाई-वढ़ाई का क्या ताल्लुक है? जो जेवर बिका, तो कुछ बनकर ही आया हूँ। निरा लंडूरा तो नहीं लौट आया। जितना दिया था उससे दुगुना ले लेना।

—मेरी जीभ जल जाय, बेटा, तुमसे जेवर लूँगी? मेरे मुँह से यूँ ही निकल गया। जो होते, तो लाख बार पहनती।

साढ़े पाँच बज चुके थे। अभी मिस्टर शामनाथ को खुद भी नहा-धोकर तैयार होना था। श्रीमती कब की अपने कमरे में जा चुकी थीं। शामनाथ जाते हुए माँ को फिर एक बार हिदायत करते गए—माँ, रोज की तरह गुमसुम बनकर नहीं बैठी रहना। अगर साहब इधर आ निकलें और कोई बात पूछें, तो ठीक तरह से बात का जवाब देना।

—मैं न पढ़ी, न लिखी, बेटा, मैं क्या बात करूँगी। तुम कह देना माँ अनपढ़ है, कुछ जानती-समझती नहीं। वह नहीं पूछेगा।

सात बजते-बजते माँ का दिल धक-धक करने लगा। अगर चीफ सामने आ गया और उसने कुछ पूछा, तो वह क्या जवाब देगी? अंग्रेज़ को तो दूर से ही देखकर वह घबरा उठती है, यह तो अमरीकी है। न मालूम क्या पूछे। मैं क्या कहूँगी। माँ का जी चाहा कि चुपचाप पिछवाड़े विधवा सहेली के घर चली जाएँ। मगर बेटे के हुक्म को कैसे टाल सकती थी। चुपचाप कुर्सी पर टाँग लटकाए वहीं बैठी रहीं।

एक कामयाब पार्टी वह है, जिसमें ड्रिंक कामयाबी से चल जाए। शामनाथ की पार्टी सफलता के शिखर चूमने लगी। वार्तालाप उसी रौ में बह रहा था, जिस रौ में गिलास भरे जा रहे थे। कहीं कोई रुकावट थी, न अड़चन थी। साहब को व्हिस्की पसंद आई थी। मेमसाहब को पर्दे पसंद आए थे, सोफा-कवर का डिजाइन पसंद आया था, कमरे की सजावट पसंद आई थी। इससे बढ़कर क्या चाहिए। साहब तो ड्रिंक के दूसरे दौर में ही चुटकुले और कहानियाँ कहने लग गए थे। दफ्तर में जितना रौब रखते थे, यहाँ पर उतने ही दोस्त-परवर हो रहे थे। और उनकी स्त्री, काला गाउन पहने, गले में सफेद मोतियों का हार, सेंट और पाउडर की महक से ओत-प्रोत, कमरे में बैठी सभी देशी स्त्रियों की आराधना का केंद्र

बनी थीं। बात-बात पर हँसतीं, बात-बात पर सिर हिलातीं और शामनाथ की स्त्री से तो ऐसे बातें कर रही थीं, जैसे उनकी पुरानी सहेली हों।

और इसी रौ में पीते-पिलाते साढ़े दस बज गए। वक्त गुजरते पता ही न चला।

आखिर सब लोग अपने-अपने गिलासों में से आखिरी घूँट पीकर खाना खाने के लिए उठे और बैठक से बाहर निकले। आगे-आगे शामनाथ रास्ता दिखाते हुए पीछे चीफ और दूसरे मेहमान।

बरामदे में पहुँचते ही शामनाथ सहसा ठिठक गए। जो दृश्य उन्होंने देखा, उससे उनकी टाँगें लड़खड़ा गईं और क्षणभर में सारा नशा हिरन होने लगा। बरामदे में ऐन कोठरी के बाहर माँ अपनी कुर्सी पर ज्यों-की-त्यों बैठी थीं, मगर दोनों पाँव कुर्सी की सीट पर रखे हुए और सिर दाएँ से बाएँ और बाएँ से दाएँ झूल रहा था। मुँह से लगातार खर्राटे की आवाजें आ रही थीं। जब सिर कुछ देर के लिए टेढ़ा होकर थम जाता, तो खर्राटे और भी गहरे हो जाते। और फिर जब झटके से नींद टूटती, तो सिर फिर दाएँ से बाएँ झूलने लगता। पल्ला सिर पर से खिसक आया था और माँ के झड़े हुए बाल, आधे गंजे सिर पर अस्त-व्यस्त बिखर रहे थे।

देखते ही शामनाथ क्रुद्ध हो उठे। जी चाहा कि माँ को धक्का देकर उठा दें और उन्हें कोठरी में ढकेल दें, मगर ऐसा करना संभव नहीं था। चीफ और बाकी मेहमान पास खड़े थे।

माँ को देखते ही देशी अफसरों की कुछ स्त्रियाँ हँस दीं कि इतने में चीफ ने धीरे से कहा—पूअर डियर।

माँ हड़बड़ाके उठ बैठीं। सामने खड़े इतने लोगों को देखकर ऐसी घबराईं कि कुछ कहते न बना। झट से पल्ला सिर पर रखती हुई खड़ी हो गईं और जमीन को देखने लगीं। उनके पाँव लड़खड़ाने लगे और हाथों की अँगुलियाँ थर-थर काँपने लगीं।

—माँ, तुम जाकर सो जाओ, तुम क्यों इतनी देर तक जाग रही थीं?—और खिसियाई हुई नजरों से शामनाथ चीफ के मुँह की ओर देखने लगे।

चीफ के चेहरे पर मुस्कराहट थी। वह वहीं खड़े-खड़े बोले—नमस्ते।

माँ ने झिझकते हुए अपने में सिमटते हुए दोनों हाथ जोड़े मगर एक हाथ दुपट्टे के अंदर माला को पकड़े हुए था, दूसरा बाहर। ठीक तरह से नमस्ते भी

नहीं कर पाईं। शामनाथ इस पर भी खिन्न हो उठे। इतने में चीफ ने अपना दायाँ हाथ मिलाने के लिए आगे किया। माँ और भी घबरा उठीं।

—माँ, हाथ मिलाओ।

पर हाथ कैसे मिलातीं, दाएँ हाथ में तो माला थी। घबराहट में माँ ने बायाँ हाथ ही साहब के दाएँ हाथ में रख दिया। शामनाथ दिल-ही-दिल में जल उठे। देशी स्त्रियाँ खिलखिलाकर हँस पड़ीं।

—यूँ नहीं, माँ! तुम तो जानती हो, दायाँ हाथ मिलाया जाता है। दायाँ हाथ मिलाओ।

मगर तब तक चीफ माँ का बायाँ हाथ ही बार-बार हिलाकर कह रहे थे—"हाउ डू यू डू?"

"कहो, माँ, मैं ठीक हूँ, खैरियत से हूँ।"

माँ कुछ बड़बड़ाईं।

"माँ कहती हैं, मैं ठीक हूँ। कहो माँ, हाउ डू यू डू।" माँ धीरे से सकुचाते हुए बोलीं—हाउ डू डू...

एक बार फिर कहकहा उठा।

वातावरण हल्का होने लगा। साहब ने स्थिति सँभाल ली थी। लोग हँसने-चहकने लगे थे। शामनाथ के मन का क्षोभ भी कुछ कम होने लगा था।

साहब अपने हाथ में माँ का हाथ अब भी पकड़े हुए थे और माँ सिकुड़ी जा रही थीं। साहब के मुँह से शराब की बू आ रही थी। शामनाथ अंग्रेज़ी में बोले—मेरी माँ गाँव की रहनेवाली हैं। उमर-भर गाँव में रही हैं। इसलिए आपसे लजाती हैं।

साहब इस पर खुश नजर आए। बोले—"सच, मुझे गाँव के लोग बहुत पसंद हैं। तब तो तुम्हारी माँ गाँव के गीत और नाच भी जानती होंगी?"—चीफ खुशी से सिर हिलाते हुए माँ को टकटकी बाँधे देखने लगे। "माँ, साहब कहते हैं, गाना सुनाओ कोई पुराना गीत, तुम्हें तो कितने ही याद होंगे।"

माँ धीरे से बोलीं—"मैं क्या गाऊँगी, बेटा। मैंने कब गाया है?"

"वाह, माँ! मेहमान का कहा भी कोई टालता है? साहब ने इतने शौक से कहा है, नहीं गाओगी तो साहब बुरा मानेंगे।"

"मैं क्या गाऊँ बेटा, मुझे क्या आता है?"

"वाह! कोई बढ़िया टप्पे सुना दो। दो पत्तर अनाराँ दे..."

देशी अफसर और उनकी स्त्रियों ने इस सुझाव पर तालियाँ पीटीं। माँ कभी

दीन दृष्टि से बेटे के चेहरे को देखती कभी पास खड़ी बहू के चेहरे को।

इतने में बेटे ने गंभीर आदेश भरे लहजे में कहा—"माँ।"

इसके बाद में हाँ या न का सवाल ही न उठता था। माँ बैठ गईं और क्षीण, दुर्बल लरजती आवाज में एक पुराना विवाह गीत गाने लगीं—

हरिया नी माये, हरिया नी भैणे
हरिया तें भागी भरिया है!

देशी स्त्रियाँ खिलखिलाकर हँस उठीं। तीन पंक्तियाँ गाकर माँ चुप हो गईं।

बरामदा तालियों से गूँज उठा। साहब तालियाँ पीटना बंद ही न करते थे। शामनाथ की खीझ प्रसन्नता और गर्व में बदल उठी थी। माँ ने पार्टी में नया रंग भर दिया था।

तालियाँ थमने पर साहब बोले—"पंजाब के गाँवों की दस्तकारी क्या है?"

शामनाथ खुशी में झूम रहे थे। बोले—"ओ, बहुत कुछ साहब! मैं आपको एक सेट उन चीजों की भेंट करूँगा। आप उन्हें देखकर खुश होंगे।"

मगर साहब ने सिर हिलाकर अंग्रेज़ी में फिर पूछा—"नहीं, मैं दुकानों की चीज नहीं माँगता। पंजाबियों के घरों में क्या बनता है, औरतें खुद क्या बनाती हैं?"

शामनाथ कुछ सोचते हुए बोले—"लड़कियाँ गुड़ियाँ बनाती हैं, औरतें फुलकारियाँ बनाती हैं।"

"फुलकारी क्या?"

शामनाथ फुलकारी का मतलब समझाने की असफल चेष्टा करने के बाद माँ को बोले—"क्यों, माँ, कोई पुरानी फुलकारी घर में है?"

माँ चुपचाप अंदर गईं और अपनी फुलकारी उठा लाईं।

साहब बड़ी रुचि से फुलकारी देखने लगे। पुरानी फुलकारी थी। जगह-जगह से उसके तागे टूट रहे थे और कपड़ा फटने लगा था। साहब की रुचि देखकर शामनाथ बोले—"यह फटी हुई है, साहब, मैं आपको नई बनवा दूँगा। माँ बना देगी। क्यों माँ साहब को फुलकारी बहुत पसंद है, इन्हें एक ऐसी ही फुलकारी बना दोगी न?"

माँ चुप रहीं। फिर डरते-डरते धीरे से बोलीं—"अब मेरी नजर कहाँ है, बेटा! बूढ़ी आँखें क्या देखेंगी।"

मगर माँ का वाक्य बीच ही में तोड़ते हुए, शामनाथ साहब को बोले—"वह जरूर बना देंगी। आप उसे देखकर खुश होंगे।"

साहब ने सिर हिलाया, धन्यवाद दिया और हल्के-हल्के झूमते हुए खाने की मेज की ओर बढ़ गए। बाकी मेहमान भी उनके पीछे-पीछे हो लिए।

जब मेहमान बैठ गए और माँ पर से सबकी आँखें हट गईं तो माँ धीरे से कुर्सी पर से उठीं और सबकी नजरें बचाती हुई अपनी कोठरी में चली गईं।

मगर कोठरी में बैठने की देर थी कि आँखों से छलछल आँसू बहने लगे। दुपट्टे से बार-बार उन्हें पोंछतीं, पर वे बार-बार उमड़ आते, जैसे बरसों के बाँध तोड़कर उमड़ आए हों। माँ ने बहुतेरा दिल को समझाया, हाथ जोड़े, भगवान का नाम लिया, बेटे के चिरायु होने की प्रार्थना की, मगर आँसू बरसात के पानी की तरह जैसे थमने में ही नहीं आते थे।

आधी रात का वक्त होगा। मेहमान खाना खाकर जा चुके थे। माँ दीवार से सटकर बैठीं आँखें फाड़े दीवार को देखे जा रही थीं। घर के वातावरण में तनाव ढीला पड़ चुका था। मुहल्ले की निस्तब्धता शामनाथ के घर पर भी छा चुकी थी। केवल रसोई में प्लेटों के खनकने की आवाज आ रही थी। तभी सहसा माँ की कोठरी का दरवाजा जोर से खटकने लगा।

"माँ, दरवाजा खोलो।"

माँ का दिल बैठ गया। हड़बड़ाकर उठ बैठीं। क्या मुझसे फिर कोई भूल हो गई है। माँ कितनी देर से अपने-आपको कोस रही थीं कि क्यों उन्हें नींद आ गई, क्यों वह ऊँघने लगीं। क्या बेटे ने अभी तक क्षमा नहीं किया? माँ उठीं और काँपते हाथों से दरवाजा खोल दिया।

दरवाजा खुलते ही शामनाथ झूमते हुए आगे बढ़ गए और माँ को आलिंगन में भर लिया। "ओ अम्मी! तुमने तो आज रंग ला दिया। साहब तुमसे इतना खुश हुआ कि क्या कहूँ? ओ अम्मी! ओ अम्मी!"

माँ की छोटी-सी काया सिमटकर बेटे के आलिंगन में छिप गई। माँ की आँखों में फिर आँसू आ गए। उन्हें पोंछते हुए धीरे से बोलीं—"बेटा, तुम मुझे हरिद्वार भेज दो। मैं कब से कह रही हूँ।"

शामनाथ का झूमना सहसा बंद हो गया। उनकी पेशानी पर फिर तनाव के बल पड़ने लगे। उनकी बाँहें माँ के शरीर पर से हट आयीं।

"क्या कहा, माँ? यह कौन-सा राग तुमने फिर छेड़ दिया?"

शामनाथ का क्रोध बढ़ने लगा था, बोलते गए—"तुम मुझे बदनाम करना चाहती हो, ताकि दुनिया कहे कि बेटा माँ को अपने पास नहीं रख सकता।"

"नहीं बेटा, अब तुम अपनी बहू के साथ जैसा मन चाहे रहो। मैंने अपना

खा-पहन लिया। अब यहाँ क्या करूँगी। जो थोड़े दिन जिंदगानी के बाकी हैं, भगवान का नाम लूँगी। तुम मुझे हरिद्वार भेज दो!''

''तुम चली जाओगी, तो फुलकारी कौन बनाएगा? साहब से तुम्हारे सामने ही फुलकारी देने का इकरार किया है।''

''मेरी आँखें अब नहीं हैं, बेटा, जो फुलकारी बना सकूँ। तुम कहीं और से बनवा लो। बनी-बनायी ले लो।''

''माँ, तुम मुझे धोखा दे यूँ चली जाओगी? मेरा बनता काम बिगाड़ोगी? जानती नहीं, साहब खुश होगा, तो मुझे तरक्की मिलेगी।''

माँ चुप हो गईं। फिर बेटे के मुँह की ओर देखती हुई बोलीं–''क्या तेरी तरक्की होगी? क्या साहब तेरी तरक्की कर देगा? क्या उसने कुछ कहा है?''

''कहा नहीं, मगर देखती नहीं, कितना खुश गया है। कहता था, जब तेरी माँ फुलकारी बनाना शुरू करेंगी, तो मैं देखने आऊँगा कि कैसे बनाती हैं। जो साहब खुश हो गया, तो मुझे इससे बड़ी नौकरी भी मिल सकती है, मैं बड़ा अफसर बन सकता हूँ।''

माँ के चेहरे का रंग बदलने लगा। धीरे-धीरे उनका झुर्रियों-भरा मुँह खिलने लगा, आँखों में हल्की-हल्की चमक आने लगी।

''तो तेरी तरक्की होगी, बेटा।''

''तरक्की यूँ ही हो जाएगी? साहब को खुश रखूँगा, तो कुछ करेगा, वरना उसकी खिदमत करनेवाले क्या थोड़े हैं?''

''तो मैं बना दूँगी, बेटा, जैसा बन पड़ेगा बना दूँगी।''

और माँ दिल-ही-दिल में फिर बेटे के उज्ज्वल भविष्य की कामनाएँ करने लगीं। और मिस्टर शामनाथ–''अब सो जाओ, माँ,''–कहते हुए, तनिक लड़खड़ाते हुए अपने कमरे की ओर घूम गए।

समाधि भाई रामसिंह

यह घटना मेरे शहर में घटी। यह घटना और कहीं घट भी न सकती थी। शहरों में शहर है तो मेरा शहर और लोगों में लोग हैं तो मेरे शहर के लोग, जो अपने तुल्य किसी को समझते ही नहीं। हमारे शहर के बाहर एक गन्दा नाला बहता है, पतला बूढ़ा, मन्दगति, जिसमें इतना पानी भी नहीं कि उसमें भैंसे बैठकर अपना बदन ठण्डा कर सकें, मगर हम उसे दरिया कहते हैं। एक बाग है जिसमें शीशम और सफेदे के पेड़ों के अलावा तीसरी तरह का पेड़ नहीं, और कौओं और चीलों के अलावा कोई परिंदा नज़र नहीं आता, नीचे झाड़-झँखाड़ हैं, और हर वक्त वहाँ कभी हरियाली देखने को नहीं मिलती; पर शहर वाले उसे चमन कहते हैं, और उसे किसी भी पुष्पवाटिका से अधिक सुन्दर मानते हैं। इस शहर की कोई चीज़ अपनी नहीं, जो फल आते हैं, तो काबुल से और कपड़ा आता है, तो विलायत से। इसके अपने फल तो खट्टे अलूचे, लसूड़े और गरण्डे होते हैं, जिन्हें अब बकरियों ने भी खाना छोड़ दिया है; मगर शहरवालों की एक चीज़ ही अपनी है, उनकी मूँछें, जिनके कोने सदा ऊपर को उठे रहते हैं, उनमें कभी खम नहीं आया!

इसलिए यह घटना इसी शहर में ही घट सकती थी।

चूँकि शहर बहुत पुराना नहीं, यहाँ कोई स्मारक या मन्दिर नहीं, मगर किसी शहरवाले से कहकर तो देखो, वह आपको इस नज़र से देखेगा, जैसे वह किसी गुफावासी को देख रहा हो, और फिर पूछेगा—तुमने भाई रामसिंह की समाधि देखी है?

और इसके बाद समाधि की तारीफ में और भाई रामसिंह की तारीफ में एक कसीदा कह डालेगा। अब भाई रामसिंह कोई गुरु नहीं हुए, उनका इतिहास में कहीं कोई नाम नहीं मिलता, शहर के बाहर इस बेचारे को कोई जानता तक नहीं, मगर यहाँ उसे और उसकी समाधि को शहर का बच्चा-बच्चा जानता है;

और यदि देश-भर का बच्चा-बच्चा नहीं जानता, तो इसमें देशवालों का दोष है, शहरवालों का नहीं।

जो घटना मैं आपको बतलाने जा रहा हूँ, वह इसी समाधि से सम्बन्ध रखती है। यूँ हमारा शहर छोटा-सा है, जिसमें एक बाज़ार लम्बा-सा कपड़ेवालों का, एक बाज़ार नानवाइयों का, एक सब्जीमण्डी, एक अनाजमण्डी, अनगिनत गलियाँ और दर्जन के लगभग मुहल्ले हैं। शहर के बीच में एक ऊँचा-सा टीला है, जिस पर एक मन्दिर है और जिसके चारों तरफ लम्बी-लम्बी सड़कें उतरती हैं, जैसे शिवजी की जटा से एक की बजाय चार नदियाँ बह निकलें। लोग मस्त हैं, जो काम करते हैं वह भी, और जो काम नहीं करते वह भी। चौबीस घण्टों में एक चक्कर शहर का जरूर काटते हैं, इसलिए गलियों और सड़कों पर रौनक रहती है।

उसी रौनक में आज से कोई बीस बरस पहले एक रोज इसी टीले पर, मन्दिर की बगल में से निकलकर भाई रामसिंह चौराहे पर आन खड़ा हुआ था। गोरा रंग लम्बी चमचमाती दाढ़ी, कुछ-कुछ काली, कुछ-कुछ सफेद और स्वस्थ, नाटी देह। उस वक्त उसकी अवस्था चालीस-पैंतालीस के लगभग होगी। बगल में सफेद गागर उठाए, तन पर सफदे चद्दर और सफेद अँगोछा पहने वह टीले पर आकर खड़ा हो गया। मगर किसी ने उसकी ओर विशेष ध्यान न दिया। चौराहे के एक तरफ कुछ लड़के खेल रहे थे। भाई रामसिंह धीरे-धीरे उनकी ओर चला गया, और एक लड़के को अपनी ओर बुलाकर बोला—लो बेटा, यह पियो। —और गागर में से कटोरी भरकर लड़के की ओर बढ़ायी।

लड़के सब इकट्ठे हो गए और बड़े कौतूहल से उसकी ओर देखने लगे। फिर एक लड़के ने कटोरी भाई रामसिंह के हाथ से ले ली और बार-बार इधर-उधर देखने के बाद मुँह को लगायी, और लगाते ही दूसरे क्षण उसे थूक दिया और कटोरी फेंक दी।

—यह चिरायता है, बेटा, इससे फोड़े-फुन्सी नहीं होते। लो, थोड़ा-थोड़ा सब पियो।

मगर किसी ने हाथ न बढ़ाया, जिसने चखा था वह अब भी थू-थू कर रहा था, और बाकी लड़के खड़े उस पर हँस रहे थे

आखिर भाई रामसिंह उनसे हटकर एक सड़क से नीचे उतरने लगा। लड़के फिर कुतूहलवश थोड़ी दूर तक उसके पीछे-पीछे गए, फिर लौट आए और अपने खेल में जुट गए।

इसके बाद भाई रामसिंह सड़क उतरने लगा और राह जाते बच्चे, बड़े, सबको चिरायता पीने का निमन्त्रण देने लगा, और फिर धीरे-धीरे शहर की गलियों में खो गया।

इस तरह भाई रामसिंह का शहर में उदय हुआ था।

कुछ ही दिनों में भाई रामसिंह को शहर के सब लोग जान गए। जहाँ जाता, स्त्रियाँ अपने खेलते बच्चों को पकड़-पकड़कर उसके सामने ले जातीं और जबरन चिरायता पिलवातीं, क्योंकि चिरायता सचमुच फोड़े-फुन्सियों का बेहतरीन इलाज है। जिस गली में वह पहुँचता, बच्चे फौरन छिप जाते और माएँ उनके पीछे-पीछे भागने लगतीं, लोग हँसते और भाई रामसिंह की खिल्ली उड़ाते। लोगों के लिए भाई रामसिंह एक तमाशा बन गया। मगर उसके उत्साह में कोई शिथिलता नहीं आयी। बल्कि कुछ ही दिनों बाद उसकी गागर में छोटा-सा नल लग गया, ताकि चिरायता उंडेलने में आसानी हो; फिर एक कटोरी की बजाए तीन कटोरियाँ आ गयीं, ताकि तीन आदमी एक साथ पी सकें; फिर भाई रामसिंह के कन्धे से एक बिगुल भी लटकने लगा। जिस मुहल्ले में जाता, पहले बिगुल बजाकर अपने आगमन की सूचना दे देता।

लोग तरह-तरह के अनुमान लगाने लगे। कोई कहता कि साथ वाले कस्बे से आया है, वहाँ उसके कपड़े की दूकान थी। कोई कहता, जासूस है किसी हत्यारे की खोज में आया है। मेरे शहर वाले अनुमान भी लगाते हैं तो छाती ठोंककर। किसी ने कहा—इसके पास चालीस हजार रुपया नकद है, मैंने खुद देखा है। लड़के कहते कि श्मशानभूमि में रहता है और रात के वक्त भी शहर के चक्कर काटता भूतों को चिरायता पिलाता है। तरह तरह की बातें उठीं, पर धीरे-धीरे शांत हो गयीं। भाई रामसिंह बहुत बोलता न था। उससे जो कोई पूछता, तो कहता—गुरु महाराज के चरणों में रहता हूँ, उन्हीं का दास हूँ।

जब चैत-बैसाख गुजर गए, तो भाई रामसिंह गागर में ठंडा पानी पिलाने लगा। जब मन की मौज आती, तो किसी-किसी दिन पानी की जगह सन्दल का शर्बत पिलाने लगता। हमारे शहर का सन्दल का शरबत दुनिया भर में मशहूर है। और जाड़े के दिनों में कभी-कभी इलायचियों वाली चाय भी लोगों को मिलती। गरज कि भाई रामसिंह का चक्कर ज्यों-का-ज्यों कायम रहा और शहर में चिरायते वाला साधु के नाम से वह मशहूर हो गया।

इसी निस्स्वार्थ सेवा में दस-बरस बीत गए। अब जिस साधु का अपना कोई स्थान हो, अपना अड्डा हो, वह साधु से सन्त जल्दी बन जाता है; मगर जो

सदा घूमते रहे, उसकी चर्चा चाहे कितनी भी हो, वह भाई का भाई ही रहता है। भाई रामसिंह के साथ भी यही कुछ हुआ। इन दस बरसों में भाई जी की दाढ़ी के बाल रेशम की तरह सफेद हो गए, चेहरे पर झुर्रियाँ आ गयीं, हालाँकि चेहरे की रौनक ज्यों-की-त्यों कायम रही, क्योंकि जो भी आदमी गागर उठाए तीन-चार मील का चक्कर रोज काटे उसके चेहरे पर तो लाली रहेगी ही। मगर अब भी भाई रामसिंह चिरायतेवाला साधु ही रहा। अब भी गलियों में से घूमता हुआ जाता, तो वही लोगों को नमस्कार करता, उसे नमस्कार करने के लिए कोई अपनी जगह से न उठता। बात भी ठीक थी, भला चिरायता पिलाने से भी कभी कोई सन्त हुआ है।

पर एक दिन न मालूम भाई रामसिंह को वैराग्य हुआ या भ्रम हुआ या उसने कोई स्वप्न देखा या सचमुच ही उसे आकाशवाणी हुई, सुबह-सवेरे टीले पर आकर कहने लगा—भक्तो! रात को गुरु महाराज का परवाना आ गया है, मैं जा रहा हूँ। कल सुबह दिन चढ़ते-चढ़ते मैं चोला बदल जाऊँगा।

यह बात उसने टीले पर बुद्धसिंह बजाज की दूकान के सामने कही, जहाँ वह दिन में पहली बार बिगुल बजाता था। आज भी उसकी बगल में गागर थी। बुद्धसिंह बजाज ने सुना, पर कोई विशेष ध्यान न दिया; मगर उसके छोटे भाई ने, जो नामधारी सिक्ख हो गया था, सुन लिया। कहने लगा—सुना, भाई रामसिंह ने क्या कहा?—वह चोला बदलने जा रहे हैं।

सरदार बुद्धसिंह ने जवाब दिया—मैंने सुन लिया है, तू समझता है, मैंने सुना नहीं? चोला बदलता है तो बदले, मुझे उसके मुँह में आग थोड़ी देनी है। तेरे बेटे चिरायता पीते रहे हैं, तू उसके पाँव पकड़।

इस पर दोनों भाई हँसकर चुप हो गए।

मगर दूकान पर बैठी हुई दो स्त्रियों के कान में बात पड़ गई। पहले वह भी हँसी, मगर जब कपड़ा लेकर लौटती हुई, वह सेवाराम की गली में से गुजरीं और गली के मोड़ पर भाई रामसिंह को खड़े चिरायता पिलाते हुए देखा, तो उनके दिल को कुछ हो गया। एक ने दुपट्टे का आँचल मुँह पर रखते हुए कहा—हाय, बेचारा! चोला छोड़ता है और आज भी चिरायता पिला रहा है!

बस फिर क्या था। बाहर खबर फैलने में देर नहीं लगी। सेवाराम की गली से बात नए मुहल्ले में पहुँची, वहाँ से छाछी मुहल्ले में, फिर लुंडा बाजार, भाभड़खाना, सैदपुरी दरवाजा। एक गली से दूसरी गली तक पहुँचते हुए उसकी रफ्तार तेज होती गयी। यहाँ तक कि थोड़ी ही देर में यह खबर एक बवंडर की तरह शहर

की गलियों और सड़कों पर घूमने लगी कि चिरायतावाला भाई रामसिंह कल सुबह चार बजे, पौ फटते ही चोला छोड़ देगा।

अब भाई रामसिंह की गागर नियमानुकूल लुंडा बाजार के सिरे पर पहुँचकर खत्म हो गयी और वहीं से उसने कदम फेर लिए और शहर के बाहर जहाँ पेड़ों का एक झुरमुट है, जिसे हम तपोवन कहते हैं, एक पेड़ के नीचे जा बैठा।

तपोवन शहर के बाहर कीकर और पलाश के पेड़ों का एक झुरमुट है, जहाँ एक पुराना कुआँ है, जिस पर लोग सुबह दातुन करने और नहाने जाते हैं। वहाँ रहता कोई नहीं, केवल कभी-कभी आए-गए सन्तों की कथा होती है।

दोपहर तक तो तपोवन में शान्ति रही, मगर ज्यों ही दो बजे का वक्त हुआ और स्त्रियों ने चौके उठाए, तो कई भक्तनियाँ हरिनाम जपती हुई दिल में हाय-हाय करती, भाई रामसिंह को खोजती वहाँ आ पहुँची। चार बजते-बजते स्त्रियों की भीड़ लग गयी। पुरुषों ने सुना, तो हँसे, मगर धीरे-धीरे उनका धैर्य भी टूटने लगा। क्या मालूम यह भी कोई पहुँचा हुआ सन्त हो! दर्शन करने में क्या हर्ज है? कुछ तमाशे के ख्याल से, बच्चे, बूढ़े, जवान सब वहाँ पहुँचने लगे। आखिर शहर तो वही था, जो जाएँ तो सब जाएँ, और जो सब जाएँ, तो घर में बैठना हराम है!

जो भाई रामसिंह अभी तक भाई रामसिंह ही था, तो दोपहर तक वह सन्त बन गया, और शाम होते-होते सन्त महाराज की उपाधि भी उसे मिल गयी। कई मुरादें बिन माँगे पूरी हो जाती हैं। जिसे दस बरस तक किसी ने न पूछा था, आज उसी के दर्शन को हजारों लोग एड़ियाँ उठा-उठाकर झाँक रहे थे। पेड़ के नीचे आसन बिछा दिया गया। फिर कहीं से चौकी आ गयी। दर्शनों के लिए सन्त महाराज का ऊँचा बैठना जरूरी था। एक भक्त चँवर झलने लगा। फूलों के ढेर लगने लगे। कहीं से गैस का लैम्प आ गया, फिर दो लैम्प आ गए। स्त्रियों की भक्ति का कोई अन्त न था। पैसे, आटा, घी, निछावर होने लगे। भाई रामसिंह को भी इसी के अनुसार आँखें बन्द किए हुए ध्यानमग्न होकर बैठना पड़ा। फिर कहीं से बाजे, तबले वगैरा आ गए। कीर्तन होने लगा। लोग झुक-झुककर भाई रामसिंह की दिव्य मूर्ति को प्रणाम करने लगे।

बात मुसलमानों के मुहल्लों में भी जा पहुँची। सन्त पीर सबके साझे होते हैं। मुसलमान भी आ पहुँचे। वाह! वाह! क्या कमाल है! स्त्रियाँ घरों को लोटतीं, मगर घरों में उनके पाँव कब टिकते थे? जो दाल-रोटी बन पाती, बनाकर फिर दौड़ी वहाँ जा पहुँचतीं।

रात के बारह बज गए। उत्तेजना बढ़ने लगी। एक कोमल हृदय की बूढ़ी औरत ने हाथ बाँधकर भाई जी से विनती की कि महाराज! दया करो, चोला न बदलो। महाराज ने सुना, मुस्कराए और चुपचाप आँखें आकाश की ओर करके फिर ध्यानमग्न हो गए। सारे शहर का दिल धक्-धक् कर रहा था। उत्कण्ठित और उत्तेजित लोग इसी इन्तज़ार में थे कि कब चार बजे और चोला बदलने का चमत्कार देखें।

रात गहरी होने लगी। लोग घड़ियाँ देखने लगे। उस रात शहर-भर में कोई नहीं सो पाया। गलियाँ सुनसान पड़ गयीं, उनमें कोई आवाज आती, तो दौड़ते कदमों की। एक दरवाज़ा खटकता, एक आवाज़ आती—दो बजे हैं, बस अब दो घण्टे बाकी रह गए। तू बैठ मैं अभी आता हूँ। तू जाएगी, तो बच्चों को कौन देखेगा? मैं लौट आऊँ, तो तू चली जाना—रात-भर यह किस्सा होता रहा। जब मर्द के कदम दूर निकल जाते, तो औरत के कदमों की आवाज आने लगती।

तीन बज गए, फिर साढ़े तीन। कीर्तन में अब हज़ारों स्त्री-पुरुष भाग ले रहे थे। ऊँचे कण्ठ से गुरु-वाणी गायी जा रही थी। पेड़ों पर बैठे हुए पंछी भी पत्तों में से झाँक-झाँककर यह दिव्य चमत्कार देख रहे थे।

पौने चार बजते-बजते जय-जयकार हो उठी। महाराज ने आँखें खोली। स्त्रियों ने रो-रोकर एक-दूसरी को कहा—वक्त आन पहुँचा। देखो इन्हें अपने-आप पता चल गया है।

अँधेरा अभी बहुत गहरा था। मगर लोग अपनी-अपनी घड़ियों पर एक-एक मिनट ऊँची आवाज़ में गिन रहे थे। हमारे शहर में चार बजे का वक्त पौ फटने का वक्त माना जाता है।

चार बजने में पाँच मिनट पर गुरु महाराज बेदी पर से उठ खड़े हुए और हाथ जोड़े, सिर नवाए, नीचे आकर ऐन बेदी के सामने लम्बे लेट गए, और छाती पर दोनों हाथ जोड़कर आँखें बन्द कर लीं। श्रद्धा और भक्ति के बाँध टूट पड़े, औरत सिसकियाँ ले-लेकर रो उठीं, और महाराज पर फिर से पुष्प-वर्षा होने लगी।

चार बजने में एक मिनट पर एकदम सन्नाटा छा गया। चारों तरफ चुप्पी छा गयी। हरिनाम की ध्वनि बिलकुल शान्त हो गयी। स्त्रियों के आँसू सूख गए और आँखें भाई रामसिंह के चेहरे पर गड़ गयीं। सब लोग साँस रोके एकटक गुरु-महाराज की ओर देख रहे थे।

ठीक चार बजे महाराज ने आँखें बन्द कर लीं और हिलना-डुलना छोड़ दिया।

लोग चुपचाप आँखें फाड़े देखते रह गए। दो-एक ने हाथ आकाश की ओर उठाकर, रोने की आवाज़ में कहा—गए! हमें छोड़कर चले गए।

फिर शहर के एक मुखिया ने धीरे से पास आकर कुछ फूल हटाते हुए, महाराज की नब्ज़ देखी। सिर हिलाकर बोले—धीमी है, मगर चल रही है।

लोग चुप थे। उनकी आँखें अब भी साधु महाराज के चेहरे को देख रही थीं।

चार बजकर तीन मिनट पर फिर मुखिया ने नब्ज़ देखी, फिर सिर हिलाया और आहिस्ता से कहा—धीमी है, मगर चल रही है।

दूसरा मुखिया बोला—संसारी घड़ियों का क्या विश्वास? जब ऊपर चार बजेंगे, तो चोला अपने आप छूट जाएगा।

चार बजकर पाँच मिनट हो गए। नब्ज़ अब भी चल रही थी। मुखिया ने झुककर कान में महाराज से पूछा—महाराज, कैसे हैं?

जवाब धीमा-सा आया—मैं इन्तज़ार में हूँ। मैंने अपनी तरफ से चोला छोड़ दिया है।

लोग एक-एक सेकेण्ड गिन रहे थे। चार बजकर सात मिनट पर फिर मुखिया ने नब्ज़ पकड़ी, और मिनट-भर पकड़कर बैठे रहे। उन्होंने अब की तनिक ऊँची आवाज़ में कहा—नब्ज ज्यों-की-त्यों चल रही है।

लोग एक-दूसरे के मुँह की तरफ देखने लगे। सिर हिलने लगे। चेहरों पर संशय की रेखाएँ नज़र आने लगीं। फिर दूसरे मुखिया ने खड़े-खड़े कहा—साधु महाराज़ क्या देरी है?

महाराज ने आँखें बन्द किए हुए उत्तर दिया—ऊपर से परवाना आए तब तो?

जो श्रद्धा और भक्ति पहने मौन प्रतीक्षा में परिणत हुई थी, अब अविश्वास और क्रोध में बदलने लगी। लोग समझने लगे, जैसे उनके साथ खिलवाड़ हुआ है, उनका अपमान किया गया है।

ऐन सवा चार बजे जब मुखिया ने चिल्लाकर पूछा कि अब क्या देरी है, हम खड़े-खड़े थक गए हैं, तो भाई रामसिंह हाथ जोड़कर उठ बैठे—भगवान मुझे रुला रहे हैं, मैं क्या करूँ? मैं हर क्षण इन्तज़ार कर रहा हूँ।

पर इस वाक्य का उल्टा असर हुआ। औरतें भी बोलने लगीं—हैं! देखो, यह तमाशा देखो, पाखण्डी!

दो-एक सज्जन जो रात-भर चमत्कार के इन्तज़ार में जागते रहे थे, और

स्त्रियों से लड़कर आए थे, आगे बढ़ आए—साले! जानता नहीं, यह कौन शहर है।

महाराज डरकर उठ बैठे और हाथ जोड़े हुए चौकी के पास जा खड़े हुए। बोले—दिन चढ़ने से पहले मैं चोला छोड़ जाऊँगा। भक्तो! मुझे यही परवाना मिला है, आप घरों को जाओ!

—अब दिन कब चढ़ेगा? चार तो कब के बज गए! —लोगों ने चिल्लाकर कहा।

भाइयो! आप घर लौट जाओ। मैंने यहाँ किसी को नहीं बुलाया। आप लोग जाओ...सूरज चढ़ने से पहले...

मगर लोगों की आँखों में खून उतर आया। देखते-ही-देखते लोगों की बाढ़ आगे बढ़ आयी। लोग मुक्के कसने लगे। शहर के पाँच-सात शोहदे और मुस्टन्डे सामने आ गए।

भाई रामसिंह डरकर चौकी के पास से हट गया और एक पेड़ के नीचे जा खड़ा हुआ।

बस, उसका वहाँ से हिलना था कि धक्का-मुक्की हो गई। भाई राम सिंह को घूंसे पर घूंसे पड़ने लगे। जिसे जो हाथ लगा, उसी से मरम्मत करने लगा।

भाई रामसिंह की भागती काया कभी एक पेड़ के पीछे और कभी दूसरे के पीछे आश्रय ढूँढ़ने लगी। मगर जहाँ वह जाता भक्त वहीं जा पहुँचते। भला भक्तों से भी कभी कोई भाग सका है? पहले घूंसे और मुक्के पड़ते रहे, जब भाग खड़ा हुआ, तो पत्थर और जूते पड़ने लगे। भाई रामसिंह बार-बार चिल्लाया—भाइयो! मैंने किसी का कुछ नहीं बिगाड़ा। मुझे मत मारो। मैंने तुम्हारी सेवा की है।...

मगर भक्तों की भावना में कोई शिथिलता नहीं आई। हाँ, कुछ एक ने छुड़ाने की कोशिश की, मगर पत्थरों के डर से वे भी पीछे हट गए।

फिर सचमुच एक चमत्कार हुआ, जिसकी चर्चा कर आज भी हमारे शहर के लोग बड़ा गर्व करते हैं।

ऐन सूरज चढ़ते-चढ़ते भाई रामसिंह ने चोला बदल दिया और उसके प्राण पखेरू उड़कर भगवान के पास जा पहुँचे। हाँ, केवल उसकी देह, कीचड़ और मिट्टी और खून से लथपथ हो गई थी, और उसके इर्द-गिर्द जूतों और पत्थरों का ढेर लग गया था।

मगर वह तो आखिर विसर्जित चोला था, उसे मिट्टी में मिलाना ही था।

इस चमत्कार का आभास होने में देर नहीं लगी। जब दिन चढ़ आया और

रात का भ्रम दूर हुआ और भाई रामसिंह की देह एक स्पष्ट सत्य की तरह सामने नजर आने लगी, तो एक ने कहा—ठीक ही तो कहता था। सूरज चढ़ने से पहले मर गया न? (मर ही तो गया)।

फिर दूसरे ने कहा—भला पत्थर मारने की क्या जरूरत थी? मर तो उसे यों भी जाना था। हम लोगों में धैर्य नहीं।

बस फिर क्या था, स्त्रियों ने अपने दुपट्टे गले में डाल दिए। आँसू बहने लगे। भक्त फिर इकट्ठे होने शुरू हो गए। जूते-पत्थर हटा दिए गए, और पुष्प-वर्षा होने लगी, और भाई रामसिंह का विसर्जित चोला फूलों के नीचे फिर दबने लगा, और भाई रामसिंह की अरथी ऐसी सजधज से निकली कि शहर वाले खुद अपनी श्रद्धा पर अश-अश करने लगे।

और भाई रामसिंह की समाधि तपोवन के पास ऐन उसी जगह पर बनाई गई; जहाँ वह आसन पर बैठे थे! ऐसी सफेद, सुन्दर चमकती इमारत है कि रात को भी दूर से नज़र आती है। और उस पर एक गोल गुंबज भी है, सन्तजी की गागर वहाँ स्थापित है, और सफेद नया बाना भी और एक जोड़ा खड़ाऊओं का भी, जो किसी भक्त ने अपने पैसों से नया खरीद कर वहाँ रख दिया था। और हमारे देश के बच्चे-बूढ़े सच्चे दिल से मानते हैं कि कोई औलिया इस कलियुग में हुआ है, तो सन्त रामसिंह, जिसे भगवान ने एक दर्शन देकर सीधे अपने पास बुला लिया था।

माता-विमाता

पन्द्रह डाउन गाड़ी के छूटने में दो-एक मिनट की देर थी। हरी बत्ती दी जा चुकी थी और सिगनल डाउन हो चुका था। मुसाफिर अपने-अपने डिब्बों में जाकर बैठ चुके थे, जब सहसा दो फटेहाल औरतों में हाथापाई होने लगी। एक औरत दूसरी की गोद में से बच्चा छीनने की कोशिश करने लगी और बच्चे वाली औरत एक हाथ से बच्चे को छाती से चिपकाए दूसरे से उस औरत के साथ जूझती हुई, गाड़ी में चढ़ जाने की कोशिश करने लगी।

"छोड़, तुझे मौत खाए, छोड़, गाड़ी छूट रही है...।"

"नहीं दूँगी, मर जाऊँगी तो भी नहीं दूँगी...।" दूसरी ने बच्चे के लिए फिर से झपटते हुए कहा।

कुछ देर पहले दोनों औरतें आपस में खड़ी बातें कर रही थीं, अभी दोनों छीना-झपटी करने लगी थीं। आस-पास के लोग देखकर हैरान हुए। तमाशबीन इकट्ठे होने लगे। प्लेटफार्म का बावर्दी हवलदार, जो नल पर पानी पीने के लिए जा रहा था, झगड़ा देखकर, छड़ी हिलाता हुआ आगे बढ़ आया।

"क्या बात है? क्या हल्ला मचा रही हो?" उसने दबदबे के साथ कहा।

हवलदार को देखकर दोनों औरतें ठिठक गईं। दोनों हाँफ रही थीं और जानवरों की तरह एक-दूसरी को घूरे जा रही थीं।

दो-एक मुसाफिरों को गाड़ी पर चढ़ते देखकर बच्चे वाली औरत फिर गाड़ी की ओर लपकी, लेकिन दूसरी ने झपटकर उसे पकड़ लिया और उसे खींचती हुई फिर प्लेटफार्म के बीचोंबीच ले आई। लटकते-से अंगों वाला, काला, दुबला-सा बच्चा, औरत के कन्धे से लगकर सो रहा था। औरतों की हाथापाई में उसकी पतली लम्बूतरी-सी गर्दन, कभी झटका खाकर एक ओर को लुढ़क जाती, कभी दूसरी ओर को। लेकिन फिर भी उसकी नींद नहीं टूट रही थी।

"मत हल्ला करो, क्या बात है?" हवलदार ने छड़ी हिलाते हुए चिल्लाकर

कहा और अपनी पतली बेंत की छड़ी औरतों के बीच खोंसकर उन्हें छुड़ाने की कोशिश करने लगा।

जो औरत बच्चा छीनने की कोशिश कर रही थी, उसने अपनी बड़ी-बड़ी कातर आँखों से हवलदार की ओर देखा और तड़पकर बोली, ''मेरा बच्चा लिए जा रही है, नहीं दूँगी मैं बच्चा... ।'' और फिर एक बार वह बच्चा छीनने के लिए लपकी।

''गाड़ी छूट रही है नासपिट्टी, छोड़ मुझे!'' बच्चे वाली औरत ने चिल्लाकर कहा और फिर गाड़ी के डिब्बे की ओर जाने लगी। हवलदार ने आगे बढ़कर उसका रास्ता रोक लिया।

''इसका बच्चा क्यों लिए जा रही है?'' हवलदार ने कड़ककर कहा।

''इसका कहाँ है! बच्चा मेरा है।''

''वह कहती है मेरा है, बोलो किसका बच्चा है?''

''मेरा है,'' दूसरी छोटी उम्र की औरत बोली और कहते ही रो पड़ी। रूखे अस्त-व्यस्त बालों के बीच उसका चेहरा तमतमा रहा था, लेकिन आँखों में अब भी डर समाया हुआ था। बदहवास और व्याकुल वह फिर बच्चे की ओर बढ़ी।

हवलदार जल्दी-से-जल्दी झगड़ा निबटाना चाहता था। बच्चे वाली औरत से बोला, ''बच्चा इसके हवाले कर दो।''

''क्यों दे दूँ, बच्चा मेरा है... ।''

''तेरे पेट से पैदा हुआ था?''

बच्चे वाली औरत चुप हो गई और घूर-घूरकर दूसरी औरत को देखने लगी।

''बोल तेरे पेट से पैदा हुआ था?'' हवलदार ने फिर गुस्से से पूछा।

''पेट से पैदा नहीं हुआ तो क्या, दूध तो मैंने पिलाया है। पिछले सात महीने से पिला रही हूँ।''

''दूध पिलाया है तो इससे बच्चा तेरा हो गया? बच्चे को जबरदस्ती लिए जा रही है?''

''ज़बरदस्ती क्यों ले जाऊँगी, मेरे अपने बच्चे सलामत रहें। इसी से पूछ लो, डायन सामने खड़ी है।'' फिर दूसरी औरत को मुखातिब करके बोली, ''कलमुँही बोलती क्यों नहीं? मैं तेरे से छीन के ले जा रही हूँ? हवलदार जी, इसने खुद बच्चे को मेरी गोद में डाला है। यह तो इसे जानकर घूरे पर फेंकने जा रही थी, मैंने कहा कि ला मुझे दे दे, मैं इसे पाल लूँगी। तब से मैं इसे पाल रही हूँ। यह मुझे यहाँ छोड़ने आई थी। यहाँ आकर मुकर गई।''

हवलदार दूसरी औरत की ओर मुड़ा ''तूने इसे खुद दिया था बच्चा?''

युवा औरत की बड़ी-बड़ी उद्भ्रान्त आँखें कुछ देर तक दूसरी औरत की ओर देखती रहीं, फिर झुक गईं।

"दिया था, पर बच्चा मेरा है, मैं क्यों दूँ, मैं नहीं दूँगी।"

और निस्सहाय-सी फिर दूसरी औरत की ओर देखने लगी। पहले जो आँसू आँखों में फूट पड़े थे, घबराहट के कारण फौरन ही सूख गए।

"तूने दिया था तो अब क्यों वापस लेना चाहती है?"

कातर नेत्र फिर एक बार ऊपर को उठे और उसका सारा बदन काँप गया।"

"यह इसे परदेश लिए जा रही है...।" और कहते-कहते वह फिर रो पड़ी।

"मैं सदा तेरे पास पड़ी रहूँ?" बच्चे वाली औरत बाँहें पसार-पसार कर आस-पास के लोगों को सुनाती हुई बोलने लगी, "मेरे डेरे वाले सभी लोग चले गए हैं। यह मुझे छोड़ती नहीं थी। कहती थी दस दिन और रुक जा, फिर चली जाना। पाँच दिन और रुक जा, चली जाना। करते-करते महीना हो गया। मैं यहाँ कैसे पड़ी रहूँ? आज गाड़ी चलने लगी तो कलमुँही मुकर गई है।"

"यह तेरे रिश्ते की है?" हवलदार ने पूछा।

"रिश्ते की क्यों होगी जी, यह काठियावाड़ की है, हम बनजारे हैं।"

"तू गाड़ी में कहाँ जा रही है?"

"फिरोजपुर, जी।"

"वहाँ क्या है?"

"हम बनजारे हैं, हवलदारजी, पहले हमारे लोगों ने यहाँ ज़मीन ली थी, पूरे दस साल हलवाही की है। अब हमें फिरोजपुर में ज़मीन मिली है। हमारे सभी लोग चले गए हैं, पर यह मुझे छोड़ती नहीं थी।"

हवलदार दुविधा में पड़ गया। एक ने जनकर फेंक दिया, दूसरी ने दूध पिलाकर बड़ा किया। बच्चा किसका हुआ?

"तेरा घर-घाट कोई नहीं है, जो अपना बच्चा इसे दे दिया? तू रहती कहाँ है?" हवलदार ने बच्चे की माँ से पूछा।

"यह कहाँ रहेगी जी, पुल के पास जो फूँस के झोंपड़े हैं, यह वहीं पर रहती है। हम वहीं पर रहते थे। यह मेरी पड़ोसिन है जी, मजूरी करती है। इसकी तो नाल भी मैंने काटी थी।" बच्चे की माँ उद्भ्रान्त-सी अपने बच्चे की ओर देखे जा रही थी। लगता जैसे वह कुछ भी सुन नहीं रही है।

"इसका घरवाला कहाँ है?..."

"इसका घरवाला कोई नहीं जी। यह तो मरदों के पीछे भागती फिरती है,

कोई इसे बसाता नहीं। इसका घरबार होता तो यह बच्चे को जनकर फेंकने क्यों जाती?"

इतने में गार्ड ने सीटी दी।

भीड़ में से छँटकर लोग अपने-अपने डिब्बे की ओर जाने लगे। बनजारन भी डिब्बे की ओर घूमी। बच्चे की माँ ने आगे बढ़कर उसके पाँव पकड़ लिए।

"मत जा, मत ले जा मेरे बच्चे को, मत ले जा!"

कुछेक लोगों को तरस आया। हवलदार ने दृढ़ता से आगे बढ़कर बनजारन से कहा, "बच्चा बापस दे दे। अगर माँ बच्चा नहीं देना चाहती तो तू उसे नहीं ले जा सकती।"

हवलदार की आवाज़ में दृढ़ता थी। बनजारन को इस निर्णय की आशा नहीं थी। वह छटपटा गई। "मैं क्यों दे दूँ जी, अपने बच्चे को भी कोई देता है? किसको दे दूँ? इसका घर है, न घाट..."

"गाड़ी छूटने वाली है, जल्दी करो, बच्चा माँ के हवाले करो वरना हवालात में दे दूँगा।" हवलदार ने अबकी बार कड़ककर कहा।

औरत घबरा गई और किंकर्तव्यविमूढ़-सी आसपास खड़े लोगों की ओर देखने लगी। फिर अपनी साथिन की ओर देखते हुए चिल्लाकर बोली, "हरामज़ादी! कुतिया! यहाँ आकर मुकर गई। ले बेगैरत, ले सम्भाल, फिर कहना दूध पिलाने को, ज़हर पिलाऊँगी, इसे भी और तुझे भी। सात महीने तक अपने बच्चे का पेट काटकर इसे दूध पिलाया है... ।" और झटक कर बच्चा उसके हाथों में दे दिया और फूट-फूटकर रोने लगी।

अजीब तमाशा था। दोनों औरतें रोये जा रही थीं। दोनों एक-दूसरी की दुश्मन, दोनों एक ही बच्चे की माताएँ। बेघर लोगों को न हँसने की तमीज होती है, न रोने की। और कलह का कारण, दुबला-पतला, पित्त का मारा बच्चा, अब भी मुट्ठियाँ भींचे सो रहा था।

बनजारन गालियाँ बकती, रोती, बड़बड़ाती गाड़ी में चढ़ गई।

"तुम्हें तुम्हारा बच्चा मिल गया है। यहाँ से चली जाओ फौरन..."

हवलदार ने सोए बच्चे की पीठ पर छड़ी की नोंक रखते हुए, धमका-कर कहा, "फौरन चली जाओ यहाँ से!"

बच्चे को छाती से चिपकाए, माँ पीछे हट गई। भीड़ बिखर गई। डिब्बे के दरवाजे में खड़ी बनजारन अभी भी चिल्लाए जा रही थी, "कंजरी, हरामज़ादी, तूने इसे जनते ही क्यों नहीं मार डाला? जब भी मार डालेगी, तभी मेरे दिल को चैन मिलेगा, नासपिट्टी...!"

बच्चे ने गोद पहचान रखी थी या तो यह कारण रहा हो या हवलदार के बेंत की नोक लगने के कारण, बच्चा जाग गया और अपनी नन्हीं-नन्हीं मुट्ठियों से पहले तो अपनी नाक पीसने लगा, फिर आँखें, और थोड़ी देर के बाद अपनी मुट्ठी मुँह में ले जाकर उसे चूसने लगा। औरत अभी भी उद्भ्रान्त-सी पीछे हट गई और प्लेटफार्म की दीवार के साथ जा खड़ी हुई।

बच्चा दूध के धोखे में अपनी मुट्ठी चूसता रहा, पर दूध न मिलता देख बिलकुल जग गया और दोनों टाँगें ज़ोर-ज़ोर से पटककर रोने लगा। माँ ने उसे दाएँ कन्धे से हटाकर बाएँ कन्धे के साथ सटा लिया। लेकिन बच्चा और भी जोर-जोर से रोने लगा।

माँ परेशान हो उठी। कभी बच्चे को एक करवट उठाती, कभी दूसरी, कभी दाएँ कन्धे पर उसका सिर रखती, कभी बाएँ पर।

बच्चे का रोना सुनकर डिब्बे के दरवाजे में खड़ी बनजारन फिर चिल्लाने लगी, ''मार डाल, तू इसे मार डाल! नासपिट्टी, इसे जहर क्यों नहीं दे देती! दोपहर से इसके मुँह में दूध की बूँद नहीं गई। बच्चा रोएगा नहीं?''

हवलदार छड़ी झुलाता वहाँ से जा चुका था। दो-एक कुलियों को छोड़कर डिब्बे के सामने कोई नहीं था। दूर, पीछे की ओर, नीली वर्दी वाला गार्ड हरी झण्डी दिखा रहा था।

गाड़ी ने सीटी दी और चलने को हुई।

बच्चा रोए जा रहा था। माँ ने अपने फटे हुए कुरते की जेब में से मूँगफली के कुछेक दाने निकाले और बच्चे के मुँह में ठूँसने लगी।

''नासपिट्टी, यह क्या उसके मुँह में डाल रही है? मेरे बच्चे को मार डालेगी। कसाइन, कंजरी...!''

और घूरकर पहले एक छोटा-सा टीन का बक्सा और फिर छोटी सी गठरी प्लेटफार्म पर फेंकी और बड़बड़ाती, गालियाँ बकती हुई गाड़ी पर से उतर आई। ''हरामजादी, मेरी गाड़ी छुड़ा दी। मौत खाए तुझे! नासपिट्टी...!''

गाड़ी निकल गई। एक-एक करके कुली स्टेशन के बाहर चले गए। प्लेटफार्म पर मौन छा गया। हवलदार अपनी गश्त पर दूर प्लेटफार्म के दूसरे सिरे तक पहुँच चुका था; लेकिन जब छड़ी झुलाता हुआ वह वापिस लौटा, तो प्लेटफार्म के एक कोने में दीवार के साथ सटकर वही दोनों औरतें बैठी थीं। बनजारन अपनी गोद में बच्चे को लिटाए, उसे अपने आँचल से ढके, दूध पिला रही थी और पास बैठी बच्चे की माँ धीरे-धीरे अपने लाड़ले के बाल सहला रही थी।

गंगो का जाया

गंगो की जब नौकरी छूटी तो बरसात का पहला छींटा पड़ रहा था। पिछले तीन दिन से गहरे नीले बादलों के पुञ्ज आकाश में करवटें ले रहे थे, जिनकी छाया में गरमी से अलसाई हुई पृथ्वी अपने पहले ठण्डे उच्छ्वास छोड़ रही थी, और शहर भर के बच्चे-बूढ़े बरसात की पहली बारिश का नंगे बदन स्वागत करने के लिए उतावले हो रहे थे। यह दिन नौकरी से निकाले जाने का न था। मज़दूरी की नौकरी थी बेशक, पर बनी रहती, तो इसकी स्थिरता में गंगो भी बरसात की छींटों का शीतल स्पर्श ले लेती। पर हर शगुन के अपने चिह्न होते हैं। गंगो ने बादलों की पहली गर्जन में ही जैसे अपने भाग्य की आवाज़ सुन ली थी।

नौकरी छूटने में देर नहीं लगी। गंगो जिस इमारत पर काम करती थी, उसकी निचली मंज़िल तैयार हो चुकी थी, अब दूसरी मंजिल पर काम चल रहा था। नीचे मैदान में से गारे की टोकरियाँ उठा-उठा कर छत पर ले जाना गंगो का काम था। मगर आज सुबह गंगो टोकरी उठाने के लिए जमीन की ओर झुकी, तो उसके हाथ जमीन तक न पहुँच पाए। जमीन पर, पाँव के पास पड़ी हुई टोकरी को छूना एक गहरे कुएँ के पानी को छूने के समान होने लगा।

इतने में किसी ने गंगो को पुकारा, ''मेरी मान जाओ गंगो, अब टोकरी तुमसे न उठेगी। तुम छत पर ईंट पकड़ने के लिए आ जाओ।''

छत पर, लाल ओढ़नी पहने और चार ईंटें उठाए, दूलो मजदूरन खड़ी उसे बुला रही थी।

गंगो ने न माना और फिर एक बार टोकरी उठाने का साहस किया, मगर होंठ काट कर रह गई। टोकरी तक उसका हाथ न पहुँच पाया।

गंगो के बच्चा होने वाला था, कुछ ही दिन बाकी रह गए थे। छत पर बैठकर ईंट पकड़ने वाला काम आसान था। एक मज़दूर, नीचे मैदान में खड़ा, एक-एक ईंट उठा कर छत की ओर फेंकता, और ऊपर बैठी मज़दूरन उसे झपट

कर पकड़ लेती। मगर गंगो का इस काम से खून सूखता था। कहीं झपटने में हाथ चूक जाए, और उड़ती हुई ईंट पेट पर आ लगे तो क्या होगा?

ठेकेदार हर मजदूर के भाग्य का देवता होता है। जो उसकी दया बनी रहे तो मजदूर के सब मनोरथ सिद्ध हो जाते हैं, पर जो देवता के तेवर बदल जाएँ तो अनहोनी भी हो के रहती है। गंगो खड़ी सोच ही रही थी कि कहीं से, मकान की परिक्रमा लेता हुआ ठेकेदार सामने आ पहुँचा। छोटा-सा पतला शरीर, काली टोपी, घनी-घनेरी मूँछों में से बीड़ी का धुआँ छोड़ता हुआ, गंगो को देखते ही चिल्ला उठा :

''खड़ी देख क्या रही है? उठाती क्यों नहीं; जो पेट निकला हुआ था, तो आई क्यों थी?''

गंगो धीरे-धीरे चलती हुई ठेकेदार के सामने आ खड़ी हुई। ठेकेदार का डर होते हुए भी गंगो के होंठों पर से वह हल्की-सी स्निग्ध मुस्कान ओझल न हो पाई, जो महीने भर से उसके चेहरे पर खेल रही थी, जब से बच्चे ने गर्भ में ही अपने कौतुक शुरू कर दिए थे और गंगो की आँखें जैसे अन्तर्मुखी हो गयी थीं। ठेकेदार झगड़ता तो भी शान्त रहती, और जो उसका घरवाला बात-बात पर तिनक उठता, तो भी चुपचाप सुनती रहती।

''काम क्यों नहीं करूँगी? छत पर ईंट पकड़ने का काम दे दो, वह कर लूँगी।'' गंगो ने निश्चय करते हुए कहा।

''तेरे बाप का मकान बन रहा है, जो जी चाहा करेगी? चल दूर हो यहाँ से। आधे दिन के पैसे ले और दफा हो जा। हरामखोर आ जाते हैं...''

''तुम्हें क्या फरक पड़ेगा, दूलो मेरा काम कर लेगी, मैं उसकी जगह चली जाऊँगी, काम तो होता रहेगा।''

''पहले पेट खाली करके आओ, फिर काम मिलेगा।''

क्षण-भर में ठेकेदार का रजिस्टर खुल गया और गंगो के नाम पर लकीर फिर गई।

ऐन उसी वक्त बारिश का छींटा भी पड़ने लगा था। गंगो ने समझ लिया कि जो आसमान में बादल न होते तो काम पर से भी छुट्टी न मिलती। आकाश में बादल आए नहीं, कि ठेकेदार को काम खत्म करने की चिन्ता हुई नहीं। इस हालत में गर्भ वाली मज़दूरन को कौन काम पर रखेगा। गंगो चुपचाप, ओढ़नी के पल्ले से अपने गर्भ को ढकती हुई बाहर निकल आई।

उन दिनों दिल्ली फिर से जैसे बसने लगी थी। कोई दिशा या उपदिशा

ऐसी न थी, जहाँ नई आबादियों के झुरमुट न उठ रहे हों। नए मकानों की लम्बी कतारें, समुद्र की लहरों की तरह फैलती हुईं, अपने प्रसार में दिल्ली के कितने ही खण्डहर और स्मृति-कंकाल रौंदती हुईं, बढ़ रही थीं। देखते ही देखते एक नई आबादी, गर्व से माथा ऊँचा किए, समय का उपहास करती हुई खड़ी हो जाती। लोग कहते दिल्ली फिर से जवान हो रही है। नई आबादियों की बाढ़ आ गई थी। नया राष्ट्र, नए निर्माण-कार्य, लोगों को इस फैलती राजधानी पर गर्व होने लगा था।

जहाँ कहीं किसी नई आबादी की योजना पनपने लगती, तो सैकड़ों मजदूर खिंचे हुए, अपने फूस के छप्पर कन्धों पर उठाए, वहाँ जा पहुँचते, और उसी की बगल में अपनी झोंपड़ों की बस्ती खड़ी कर लेते। और जब वह नई आबादी बन कर तैयार हो जाती, तो फिर मजदूरों की टोलियाँ अपने फूस के छप्पर उठाए, किसी दूसरी आबादी की नींव रखने चल पड़तीं। मगर ज्योंही बरसात के बादल आकाश में मण्डराने लगते, तो सब काम ठप्प हो जाता, और मजदूर अपने झोंपड़ों में बैठे, आकाश को देखते हुए, चौमासे के दिन काटने लगते। कई मजदूर अपने गाँवों को चले जाते, पर अधिकतर छोटे-मोटे काम की तलाश में सड़कों पर घूमते रहते। काम इतना न था जितने मजदूर आ पहुँचते थे। दिल्ली के हर खण्डहर की अपनी गाथा है, कहानी है, पर मजदूर की फूस की झोंपड़ी का खण्डहर क्या होगा, और कहानी क्या होगी? हँसती-खेलती नयी आबादियों में इन झोंपड़ों का, या इन झोंपड़ों में खेले गए नाटकों का, स्मृति-चिह्न भी नहीं मिलता।

उस रात गंगो और उसका पति घीसू, देर तक झोंपड़े के बाहर बैठे अपनी स्थिति को सोचते रहे।

"जो छुट्टी मिल गई थी तो घर क्यों चली आई, कहीं दूसरी जगह काम देखती।"

"देखा है। इस हालत में कौन काम देगा? जहाँ जाओ ठेकेदार पेट देखने लगते हैं।"

झोपड़े के अन्दर उनका छह बरस का लड़का रीसा सोया पड़ा था। घीसू कई दिनों से चिन्तित था, तीन आदमी खाने वाले, और कमाने वाला अब केवल एक, और ऊपर चौमासा और गंगो की हालत! उसका मन खीज उठा। अगर और पन्द्रह-बीस रोज़ मजदूरी पर निकल जाते, तो क्या मुश्किल था? गर्भ वाली औरतें बच्चा होने वाले दिन तक काम पर जुटी रहती हैं। घीसू गठीले बदल का, नाटे कद का मजदूर था, जो किसी बात पर तिनक उठता तो घण्टों उसका मन

अपने काबू में न रहता। थोड़ी देर चिलम के कश लगाने के बाद धीरे-धीरे कहने लगा, "तुम गाँव चली जाओ।"

"गाँव में मेरा कौन है?"

"तू पहले ही सब पाठ पढ़े हुए है, तू इस हालत में जाएगी, तो तुझे घर से निकाल देंगे?"

"मैं कहीं नहीं जाऊँगी। तुम्हारा भाई जमीन पर पाँव नहीं रखने देगा। दो दफे तो तुम से लड़ने-मरने की नौबत आ चुकी है।"

"तो यहाँ क्या करेगी? मेरे काम का भी कोई ठिकाना नहीं। सुनते हैं सरकार जियादह मजदूर लगा कर तीन दिन में बाकी सड़क तैयार कर देना चाहती है।"

'मरम्मती काम तो चलता रहेगा?' गंगो ने धीरे से कहा।

'मरम्मती काम से तीन जीव खा सकते हैं? एक-दिन काम है, चार दिन नहीं।' काफी रात गए तक यह उधेड़बुन चलती रही।

सोमवार को गंगो काम पर से बरखास्त हुई, और सनीचर तक पहुँचते-पहुँचते झोंपड़ी की गिरस्ती डाँवाडोल हो गई। माँ, बाप और बेटा, तीन जीव खाने वाले, और कमाने वाला केवल एक। गंगो काम की तलाश में सुबह घर से निकल जाती, और दोपहर तक बस्ती के तीन-तीन चक्कर काट आती। किसी से काम को पूछती तो या तो वह हँसने लगता, या आसमान पर मण्डराते बादल दिखा देता। सड़कों पर दर्जनों मजदूर दोपहर तक घूमते हुए नजर आने लगे। फिर एक दिन जब घीसू ने घर लौट कर सुना दिया कि सरकारी सड़क का काम समाप्त हो चुका है, तो घीसू और गंगो, मजदूरों के स्तर से लुढ़क कर आवारा लोगों के स्तर पर आ पहुँचे। कभी चूल्हा जलता कभी नहीं। भर पेट खाना किसी को न मिल पाता। छोटा बालक रीसा, जो दिन भर खेलते न थकता था अब झोंपड़े के इर्दगिर्द ही मँडराता रहता। पति-पत्नी रोज़ रात को झोंपड़े के बाहर बैठते, झगड़ते, परामर्श करते और बात-बात पर खीज उठते।

फिर एक रात, हजार सोचने और भटकने के बाद घीसू के उद्विग्न मन ने घर का खर्चा कम करने की तरकीब सोची। अधभरे पेट की भूख को चिलम के धुएँ से शान्त करते हुए बोला, 'रीसे को किसी काम पर लगा दें।'

'रीसा क्या करेगा, छोटा-सा तो है?'

'छोटा है? चंगे भले आदमी का राशन खाता है। इस जैसे सब लड़के काम करते हैं।'

गंगो चुप रही। कमाऊ बेटा किसे अच्छा नहीं लगता? मगर रीसा अभी सड़क पर चलता भी था, तो बाप का हाथ पकड़ कर। वह क्या काम करेगा? पर घीसू कहता गया, 'इस जैसे लौंडे बूट पालिश करते हैं, साइकलों की दूकानों पर काम करते हैं, अखबार बेचते हैं, क्या नहीं करते? कल इसे मैं गणेशी के सुपुर्द कर दूँगा, इसे बूटपालिश करना सिखा देगा।'

गणेशी घीसू के गाँव का आदमी था। इस बस्ती से एक फर्लांग दूर, पुल के पास छोटी-सी कोठड़ी में रहता था। एक छोटा-सी संदूकची कन्धे पर लटकाए गलियों के चक्कर काटता और बूटों के तलवे लगाया करता था।

दूसरे दिन घीसू काम की खोज में झोंपड़े में से निकलते हुए गंगो को कह गया :

'मैं गणेशी को रास्ते में कहता जाऊँगा। तू सूरज चढ़ते तक रीसे को उसके पास भेज देना।'

रीसा काम पर निकला। छोटा-सा पतला शरीर, चकित, उत्सुक आँखें, बदन पर एक ही कुर्ता लटकाए हुए। गणेशी के घर तक पहुँचना कौन सी आसान बात थी। रास्ते में प्रकृति रीसे के मन को लुभाने के लिए जगह-जगह अपना मायाजाल फैलाए बैठी थी। किसी जगह दो लौंडे झगड़ रहे थे, उनका निपटारा करना जरूरी था, रीसा घण्टा-भर उन्हीं के साथ घूमता रहा; कहीं एक भैंस कीचड़ में फँसी पड़ी थी; कहीं पर एक मदारी अपने खेल दिखा रहा था, रीसा दिन-भर घूम-फिर कर, दोपहर के वक्त, हाथ में एक छड़ी घुमाता हुआ घर लौट आया।

कह देना आसान था कि रीसा काम करे, मगर रीसे को काम में लगाना नए बैल को हल में जोतने के बराबर था। पर उधर झोंपड़े में बची बचाई रसद क्षीण होती जा रही थी। दूसरे दिन घीसू उसे स्वयं गणेशी के सुपुर्द कर आया, और पाँच-सात अपने पैसे भी पालिश की डिबिया और ब्रुश के लिए दे आया।

उस दिन तो रीसा जैसे हवा में उड़ता रहा। दिल्ली की नई-नई गलियाँ घूमने को मिलीं, नए-नए लोग देखने को मिले। चप्पे-चप्पे पर आकर्षण था। रीसे की समझ में न आया कि बाप गुस्सा क्यों हो रहा था, जब उसे यहाँ घूमने के लिए भेजना चाहता था। दुकानें रंगबिरंगी चीजों से लदी हुई और भीड़ इतनी कि रीसे का लुब्ध मन भी चकरा गया।

रीसे की माँ सड़क पर आँखें गाड़े उसकी राह देख रही थी, जब रीसा अपने बोझल पाँव खींचता हुआ घर पहुँचा। अपने छह सालों के नन्हें से जीवन में वह इतना कभी नहीं चल पाया था, जितना कि वह आज एक दिन में। मगर माँ

को मिलते ही वह उसे दिन भर की देखी दिखाई सुनाने लगा। और जब बाप काम पर से लौटा तो रीसा अपना ब्रुश और पालिश की डिबिया उठा कर भागता हुआ उसके पास जा पहुँचा, 'बप्पू, तेरा जूता पालिश कर दूँ?'

जिसे सुन कर, घीसू के हर वक्त तने हुए चेहरे पर भी हल्की-सी मुस्कान दौड़ गई।

'मेरा नहीं, किसी बाबू का करना जो पैसे भी देगा।'

और गंगो और उसका पति, अपने कमाऊ बेटे की दिनचर्या सुनते हुए, कुछ देर के लिए अपनी चिन्ताएँ भूल गए।

दूसरा दिन आया। घीसू और रीसा अपने-अपने काम पर निकले। दो रोटियाँ, एक चिथड़े में लिपटी हुई, घीसू की बगल के नीचे, और एक रोटी रीसे की बगल के नीचे। दोनों सड़क पर इकट्ठे उतरे और फिर अपनी-अपनी दिशा में जाने के लिए अलग हो गए।

पर आज रीसा जब सड़क की तलाई पार करके पुल के पास पहुँचा तो गणेशी वहाँ पर नहीं था।

थोड़ी देर तक मुँह में उँगली दबाए वह पुल पर आते-जाते लोगों को देखता रहा, फिर गणेशी की तलाश में आगे निकल गया। शहर की गलियाँ, एक के बाद दूसरी, अपना जटिल इन्द्रजाल फैलाए, जैसे रीसे की इन्तजार में ही बैठी थीं। एक के बाद दूसरी गली में बढ़ने लगा, मगर किसी में भी उसे कल का परिचित रूप नजर नहीं आया, न ही कहीं गणेशी की आवाज सुनाई दी। थोड़ी देर तक घूमने के बाद रीसा एक गली के मोड़ पर बैठ गया। अपनी पालिश की डिबिया और ब्रुश सामने रख लिए और अपने पहले ग्राहक की इन्तजार करने लगा। गणेशी की तरह उसने मुँह टेढ़ा करके 'पालिश श श श...!' का शब्द पूरी चिल्लाहट के साथ पुकारा। पहले तो अपनी आवाज ही सुनकर स्तब्ध हो रहा, फिर निःसंकोच बार-बार पुकारने लगा। पाँच-सात मर्तबा जोर-जोर से चिल्लाने पर एक बाबू, जो सामने एक दूकान की भीड़ में सौदा खरीदने के इन्तजार में खड़ा था, रीसे के पास चला आया।

'पालिश करने का क्या लोगे?'

'जो खुशी हो दे देना।' रीसे ने गणेशी के वाक्य को दोहरा दिया। बाबू ने बूट उतार दिए, और दूकान की भीड़ में फिर जाकर खड़ा हो गया।

रीसे ने अपनी डिबिया खोली। गणेशी के वाक्य तो वह दोहरा सकता था, मगर उसकी तरह हाथ कैसे चलाता? बूट पर पालिश क्या लगी जितनी उसकी

टाँगों, हाथों और मुँह को लगी। एक जूते पर पालिश लगाने में रीसे की आधी डिबिया खर्च हो गई। अभी बूट के तलवे पर पालिश लगाने की सोच ही रहा था कि बाबू सामने आन खड़ा हुआ। रीसे के हाथ अनजाने में ठिठक गए। बाबू ने बूटों की हालत देखी, आव देखा न ताव, जोर से रीसे के मुँह पर थप्पड़ दे मारा, जिससे रीसे का मुँह घूम गया। उसकी समझ में न आया कि बात क्या हुई है। गणेशी को तो किसी बाबू ने थप्पड़ नहीं मारा था।

'हरामजादे, काले बूटों पर लाल पालिश!' और गुस्से में गालियाँ देने लगा।

पास खड़े लोगों ने यह अभिनय देखा, कुछ हँसे, कुछ एक ने बाबू को समझाया, दो-एक ने रीसे को गालियाँ दीं, और उसके बाद बाबू गालियाँ देता हुआ बूट पहनकर चला गया। रीसा, हैरान और परेशान कभी एक के मुँह की तरफ, कभी दूसरे के मुँह की तरफ देखता रहा, और फिर वहाँ से उठकर, धीरे-धीरे गली के दूसरे कोने पर जाकर खड़ा हो गया। हर राह जाते बाबू से उसे डर लगने लगा। गणेशी की तरह 'पालिश श श!' चिल्लाने की उसकी हिम्मत न हुई। रीसे को माँ की याद आई, और उलटे पाँव वापस हो लिया। मगर गलियों का कोई छोर किनारा न था, एक गली के अन्त तक पहुँचता तो चार गलियाँ और सामने आ जातीं। अनगिनत गलियों में घूमने के बाद वह घबरा कर रोने लगा, मगर वहाँ कौन उसके आँसू पोंछने वाला था। एक गली के बाद दूसरी गली लाँघता हुआ, कभी गणेशी की तलाश में, कभी माँ की तलाश में वह दोपहर तक घूमता रहा। बार-बार रोता और बार-बार स्तब्ध और भयभीत चुप हो जाता। फिर शाम हुई और थोड़ी देर बाद गलियों में अन्धेरा छाने लगा। एक गली के नाके पर खड़ा सिसकियाँ ले रहा था कि उस जैसे ही लड़कों का टोला यहाँ-वहाँ से इकट्ठा होकर उसके पास आ पहुँचा। एक छोटे से लड़के ने अपनी फटी हुई टोपी सिर पर खिसकाते हुए कहा, 'अबे साले रोता क्यों है?'

दूसरे ने उसका बाजू पकड़ा और रीसे को खींचते हुए एक बराण्डे के नीचे ले गया। तीसरे ने उसे धक्का दिया! चौथे ने उसके कन्धे पर हाथ रखे हुए, उसे बराण्डे के एक कोने में बिठा दिया। फिर उस छोटे से लड़के ने अपने कुर्ते की जेब में से थोड़ी-सी मूँगफली निकालकर रीसे की झोली में डाल दीं।

'ले साले, कभी कोई रोता भी है? हमारे साथ घूमा कर, हम भी बूट पालिश करते हैं।'

आधी रात गए, नन्हा रीसा, जीवन की एक पूरी मंजिल एक दिन में लाँघ कर, अपने सिर के नीचे ब्रुश और पालिश की डिबिया और एक छोटा-सा चिथड़ा

रखे, उसी बराण्डे की छत के नीचे अपनी यात्रा के नए साथियों के साथ, भाग्य की गोद में सोया पड़ा था।

उधर, झोंपड़े के अन्दर लेटे-लेटे, कई घण्टे की विफल खोज के बाद, घीसू गंगो को आश्वासन दे रहा था : 'मुझे कौन काम सिखाने आया था? सभी गलियों में ही सीखते हैं। मरेगा नहीं, घीसू का बेटा है कभी न कभी तुझे मिलने आ जाएगा।'

घीसू का उद्विग्न मन जहाँ बेटे के यूँ चले जाने पर व्याकुल था, वहाँ इस दारुण सत्य को भी न भूल सकता था कि अब झोंपड़े में दो आदमी होंगे और बरसात कटने तक, और गंगो की गोद में नया जीव आ जाने तक, झोंपड़ा शायद सलामत खड़ा रह सकेगा।

गंगो झोंपड़े की बालिश्त भर ऊँची छत को ताकती हुई चुपचाप लेटी रही। उसी वक्त गंगो के पेट में उसके दूसरे बच्चे ने करवट ली। जैसे संसार का नवागन्तुक संसार का द्वार खटखटाने लगा हो। और गंगो ने सोचा—यह क्यों जन्म लेने के लिए इतना बेचैन हो रहा है? गंगो का हाथ कभी पेट के चपल बच्चे को सहलाता, कभी आँखों से आँसू पोंछने लगता।

आकाश पर बरसात के बादलों से खेलती हुई चाँद की किरणों के नीचे नए मकानों की बस्ती झिलमिला रही थी। दिल्ली फिर बस रही थी, और उसका प्रसार दिल्ली के बढ़ते गौरव को चार चाँद लगा रहा था।

सिफारिशी चिट्ठी

पुनर्वास मन्त्रालय का क्लर्क त्रिलोकीनाथ खाने की छुट्टी के समय, कुछेक अन्य क्लर्कों के साथ दफ्तर के सामने खड़ा चाट खा रहा था, जब एक छोटी-सी घटना घटी जो एक क्लर्क की ज़िन्दगी में सालों में एकाध बार ही घटती है। उसे किसी बड़े आदमी ने पहचान लिया। पहचाना ही नहीं, बगलगीर भी हुआ, बगलगीर ही नहीं, पूरे पाँच मिनट तक त्रिलोकी बाबू के कन्धे पर हाथ रखे बतियाता भी रहा, मुस्कराता भी रहा और जब मोटर में बैठकर जाने लगा तो अपनी नोटबुक निकालकर त्रिलोकी बाबू का नाम-पता भी लिखकर ले गया।

लोग कहते हैं आदमी बदलता है, दुनिया नहीं बदलती। पर यह गलत है। खड़े-खड़े त्रिलोकी बाबू की आँखों के सामने दुनिया बदल गई। धूप खिल उठी, आकाश खिल उठा, सड़क पर आते-जाते लोगों की चहल-पहल में मेले का-सा समाँ बँध गया। लोग कहते हैं इनसान हवा में उड़ नहीं सकता, पर बाबू त्रिलोकीनाथ को पंख लग गए। जब लौटकर दफ्तर की ओर आया तो सचमुच मन हवा में तैर रहा था। ईर्ष्या भरी आँखों की दसियों जोड़ियाँ उसके बड़प्पन को निहार रही थीं, और तो और खिड़की में खड़े सुपरिटेण्डेण्ट ने भी देख लिया था कि त्रिलोकी बाबू कोई छोटा-मोटा आदमी नहीं है, बड़े-बड़ों से हाथ मिलाने की हैसियत रखता है।

सोमवार का दिन था और दफ्तर का काम खत्म हुआ चाहता था। बाबू त्रिलोकीनाथ इठलाता हुआ-सा दफ्तर में पहुँचा, तैरती नज़र से उसने अपनी फाइलों की ओर देखा, तैरती नज़र से ही आसपास बैठे क्लर्कों को भी देखा जो सहसा बौने हो गए थे और जो अभी भी त्रिलोकी बाबू की ओर देखे जा रहे थे। त्रिलोकी बाबू मेज़ पर बैठे, पर बैठा न गया, फाइल खोली पर उस पर से आँखें फिसल-फिसल जातीं, दफ्तर की किसी बात पर मन ही न टिकता था और दिल था कि बराबर कोई धुन बजाए चला जा रहा था!

शाम होते होते त्रिलोकी बाबू कुछ धरती पर उतरे, पर दिल में मीठी-मीठी धूप अभी भी खिल रही थी। घर पहुँचे तो दरवाज़े पर कुन्तो मिली। कुन्तो उनकी पत्नी थी। तीन बच्चों की माँ होने के बावजूद उसकी आँखें चमकती थीं और घुँघराले बालों की एकाध लट माथे पर सदा झूलती रहती थी।

"सुबह डिब्बा ले जाते तो लौटते हुए वनस्पति तो लेते आते।"

त्रिलोकी ने ढाँढ़स बँधाते हुए कुन्तो की कुहनी पर हाथ रखा। अनहोनी बात! त्रिलोकी दफ्तर से लौटकर सीधे मुँह कभी बात नहीं करता था, और तो और कुन्तो को पति की मूँछों के नीचे एक फरफराती-सी मुसकराहट भी नज़र आई।

"कौन-से खन्ना साहब?"

'वे जो शिक्षा-विभाग में डाइरेक्टर हुआ करते थे। अब रिटायर हो गए हैं। किसी ज़माने में मेरे प्रोफेसर रह चुके हैं।...'

कुन्तो क्षण-भर के लिए पति के चेहरे की ओर देखती रही। फिर धीरे-से बोली, "सुबह डिब्बा ले गए होते तो घर में वनस्पति तो होता। इस वक्त तो दाल छोंकने के लिए भी घर में घी नहीं है।" और उठकर रसोईघर की ओर जाने लगी।

"तुम भागी कहाँ जा रही हो, खन्ना साहब सेक्रेटरी से मेरी सिफारिश करने जा रहे हैं। आज हमारे दफ्तर ही आए थे। उन्होंने नोटबुक में मेरा नाम-पता भी लिख लिया है। कहने लगे, तुम्हें तरक्की ज़रूर मिलनी चाहिए।"

कुन्तो ने चलते हुए ही मुड़कर देखा और बोली, "जब करेंगे तो देखा जाएगा। अभी से क्यों नाचने लगूँ?" और रसोईघर की ओर बढ़ गई।

त्रिलोकी कहता गया, "बड़े प्यार से मिले। मुझे पहचानते ही बगलगीर हो गए, जब उन्हें मालूम हुआ कि मैं चौदह साल से क्लर्की कर रहा हूँ, तो उनकी आँखों में आँसू आ गए।"

इस पर कुन्तो हँस पड़ी और रसोईघर के दरवाज़े में आकर खड़ी हो गई।

"सच, आँसू आ गए?"

"हाँ, तो उनकी आँखें नम हो रही थीं वे मेरे प्रोफेसर रह चुके हैं न! कहने लगे, तुम जैसा होनहार चौदह साल से क्लर्की में बैठा है! मैं अपने ज़माने में कालेज का सबसे अच्छा विद्यार्थी हुआ करता था...।"

"मैं जानती हूँ," कुन्तो बीच में ही बोल उठी, "तुमने मैडल जीता। हॉकी के कप्तान रहे। लखनऊ में डिबेट में बोलने गए, पर कप नहीं जीत पाए, क्योंकि जज तुम्हारा मौसेरा भाई निकल आया। क्या मैं यह सब नहीं जानती?..."

और बात पूरी करती हुई वह फिर मुड़कर रसोईघर में चली गई।

वनस्पति के बिना खाना क्या बनता! कुन्तो ने चावल उबाले, दाल चढ़ाई और बिना उसे छोंके चावलों में मिलाकर तीनों बच्चों को खिला दी।

पर जब बच्चे सो गए और पति-पत्नी अपने-अपने बिस्तर पर लेट गए, तो कुन्तो का दिल मचल उठा। सिर के नीचे दोनों हाथ रखे वह चमकती-काली आँखों से देर तक छत को ताकती रही। काफी देर बाद उसे हल्की-सी झपकी आई, तो लगा जैसे रसोईघर में दाल छोंकी जा रही है और खालिस घी की महक सारे घर में फैल रही है। कुन्तो ने करवट बदली, उसे लगा जैसे उसकी बड़ी बेटी झूला झूल रही है, उसने सफेद फ्राक पहन रखा है और उसके बालों में फूल लगे हैं।

कुन्तो फिर आँखें खोलकर छत को ताकने लगी।

"क्यों जी, जागते हो?"

त्रिलोकी भी अपने गंजे सिर के नीचे दोनों हाथ बाँधे छत की ओर ताक रहा था और देर से अपनी उधेड़-बुन में खोया हुआ था। बीबी की आवाज़ सुनकर चुप बना लेटा रहा।

"क्यों जी, सो रहे हो?"

"क्या है कुन्तो, तुमने मुझे जगा दिया!"

"क्यों जी, क्या सचमुच तुम्हारी तरक्की होने जा रही है?"

"देखें क्या होता है! इतना आसान तो नहीं है, मगर आजकल सिफारिश के बिना कौन-सा काम होता है!"

थोड़ी देर चुप रहने के बाद कुन्तो फिर बोली, "तुम अफसर भी तो लग सकते हो! रजनी का पति पहले क्लर्क ही तो था, अब वह बड़ा अफसर बना हुआ है!"

त्रिलोकी चुप रहा, उसने कोई उत्तर नहीं दिया।

कुन्तो से रहा न गया। उछलकर अपने बिस्तर में से निकली और पति के निकट चली गई।

"मुझे क्या दोगे जो तरक्की हो गई?" उसने हँसकर पूछा।

त्रिलोकी ने बुझी-सी आवाज़ में जवाब दिया, "जब तरक्की होगी तो देखा जाएगा कुन्तो, ये काम इतने आसान थोड़े ही होते हैं।"

"शाम के वक्त तो इतने चहक रहे थे, अब इतने गुमसुम क्यों हो गए हो? मैं कुछ तुमसे माँगती तो नहीं।"

त्रिलोकी फिर भी चुपचाप लेटा रहा। पर कुन्तो की उत्तेजित कल्पना अभी भी तरह-तरह के ताने-बाने बुने जा रही थी।

"तुम रिश्वत भी लोगे न?"

"क्लर्की में से तो निकला नहीं हूँ कुन्तो, तुम्हें रिश्वत की सूझ रही है।"

"इसमें बुरा क्या है! आजकल सभी रिश्वत लेते हैं। ऊपर की आमदनी का अपना रौब होता है। खुद माँगने नहीं जाना, पर कोई दे दे तो इन्कार भी न करना।"

त्रिलोकी ने पत्नी की ओर से पीठ फेर ली। कुन्तो फिर भी बोलती गई, "मैं गारगी का दहेज़ अभी से तैयार करने लगूँगी।" कुन्तो ने बुदबुदाते हुए कहा, "जल्दी में चीज़ कभी अच्छी नहीं बनती, धीरे-धीरे चीज़ें लेती रहूँगी," पति की पीठ के पीछे लेटे-लेटे कुन्तो त्रिलोकी के गंजे सिर को धीरे-धीरे सहलाती और बुदबुदाती रही, "पर मुझे अमीर औरतें अच्छी नहीं लगतीं। बहुत मुटिया जाती हैं और उठती-बैठती सारा वक्त डकार मारती रहती हैं। मैं मोटी नहीं होऊँगी, तुम्हारा सारा काम मैं अपने हाथ से करूँगी, खातिर जमा रखो... "

पति को फिर भी गुमसुम पाकर कुन्तो तुनककर बोली, "तुम भी कैसे रूखे आदमी हो जी, मैं खुद चलकर तुम्हारे बिस्तर में आई हूँ और तुम हो कि सीधे मुँह बात भी नहीं करते!" फिर हँसकर कहने लगी, "अभी से मेरे साथ अफसरी करने लगे हो!"

सहसा कुन्तो को पछतावा होने लगा। बिस्तर में से झट से उठ बैठी, "हाय, मैं भी कैसी पापिन हूँ, यों ही बके जा रही हूँ! तुम्हारी तरक्की हो जाए तो पहली तनख्वाह में से तो मैं परसाद बाँटूगी, दुर्गा माई को भोग लगाऊँगी," कहते हुए कुन्तो उठी और अँगीठी पर रखी दुर्गा माता की मूर्ति के सामने बार-बार सिर नँवाने लगी, "दुर्गा माता, मैं सबसे पहले तुम्हें भोग लगाऊँगी। मैं बहुत बकती रहती हूँ, पर दिल की बुरी नहीं हूँ, दुर्गा माई, मैं किसी का बुरा नहीं चेतती। मैं सबसे पहले तुम्हारी सेवा करूँगी। मुझे माफ करना दुर्गा माई, तुम तो इस घर की बड़ी हो, हम सबकी माँ हो। मैं पढ़ी-लिखी तो नहीं हूँ, मुँह से बातें निकल जाती हैं।"

और कुन्तो ने हाथ जोड़े, आँखें बन्द कर एक बार फिर दुर्गा माई के सामने माथा नवाया और सीधी अपनी खाट पर लौट आई और उसकी आँखें फिर छत को ताकने लगीं।

उधर त्रिलोकी दूर की सोचों में डूबा हुआ था और अधिकाधिक गहरा डूबता

जा रहा था। छत को ताकते हुए उसे भी झपकी आ गई और उसने देखा कि सेक्रेटेरियट के लम्बे गलियारे में कोई चपरासी उसकी फाइल बगल में दबाए भागा जा रहा है, त्रिलोकी उसे बुलाता है पर वह रुकता नहीं और देखते-ही-देखते गलियारे के असंख्य दरवाज़ों में से किसी एक दरवाज़े में से वह निकलकर चम्पत हो जाता है और सारा सेक्रेटेरियट एक भूल-भुलैया बन गया है। त्रिलोकी उसमें से निकलने की कोशिश अभी कर ही रहा था, जब एक झटके से उसकी नींद खुल गई और वह हाँफता हुआ फिर छत को ताकने लगा। थोड़ी देर बाद बोला, ''सो रही हो या जाग रही हो?''

कुन्तो चुप रही, यह सोचकर कि त्रिलोकी यह न समझ बैठे कि वह छोटी-सी तरक्की से इतनी उत्तेजित हो रही है।

''अभी तो बातें कर रही थी, अभी सो भी गई!''

''क्या है? तुम सोने भी नहीं देते।''

''मैं सोचता हूँ, कल मैं दफ्तर नहीं जाऊँगा।''

पत्नी यह सुनते ही लपककर उठ बैठी, ''क्यों भला?''

''मेरी तबीयत कुछ ठीक नहीं है।''

''बहुत बनो नहीं, अब तरक्की होने जा रही है तो इन्हें दफ्तर ही जाना अच्छा नहीं लगता।''

थोड़ी देर चुप रहने के बाद त्रिलोकी फिर बोला, ''तुम समझती हो खन्ना साहब ने वह चिट्ठी लिख दी होगी?''

''जो कहा है तो लिख दी होगी।''

सुनते ही त्रिलोकी का दिल एक सीढ़ी और नीचे उतर आया।

''मैं सोचता हूँ, यह चिट्ठी लिखकर खन्ना साहब ने मेरे साथ बड़ी ज्यादती की है।''

''वाह जी, वे तो तुम्हारी सिफारिश करें और तुम समझो कि ज्यादती कर रहे हैं।''

''तुम दफ्तर के मामले नहीं समझती हो। सिफारिशी चिट्ठियों पर तरक्कियाँ मिलने लगें तो सभी क्लर्क अफसर बन जाएँ... ''

अब की कुन्तो चुप रही, उसको समझ में नहीं आ रहा था कि त्रिलोकी क्या कहे जा रहा है।

त्रिलोकी ने ठण्डी साँस ली और करवट बदल ली।

''इससे तो बात बिगड़ जाएगी,'' वह बुदबुदाया।

"बिगड़ेगी क्यों?"

"मेरी तरक्की होगी तो बाकी क्लर्क क्या चुप बैठे रहेंगे? वे तो कल ही कानाफूसी करने लगे थे। मैं दफ्तर में लौटकर गया तो झट से चुप हो गए।"

कुन्तो इस पर चुप हो गई।

"सुन रही हो?"

"हाँ, सुन रही हूँ।"

"खन्ना साहब तो मेरी सिफारिश सेक्रेटरी से करेंगे, पर वह तो बहुत बड़ा अफसर है। मेरी लगाम तो मेरे सुपरिण्टेण्डेण्ट के हाथ में रहती है। वह ज़रूर जल उठेगा। तुम इन छोटे अफसरों को नहीं जानती हो। वह डाह करने लगेगा और साल के आखिर में मेरी रिपोर्ट खराब कर देगा।"

"तुम बहुत चिन्ता न किया करो, तरक्की मिले न मिले, तुम्हारी बला से।"

थोड़ी देर तक त्रिलोकी चुप रहा, फिर धीरे से बोला, "खन्ना साहब ने बैठे-बिठाए बखेड़ा खड़ा कर दिया। तरक्की तो होगी या नहीं दफ्तर के बाकी लोग खामख्वाह मेरे दुश्मन बन जाएँगे।" अब डायरेक्टर के साथ मेरा परिचय कराने की क्या ज़रूरत थी! वह उन्हें नीचे छोड़ने आया था। घण्टा-भर मेरे कन्धे पर हाथ रखे खुसफुस करते रहे। दफ्तर में जिसे मालूम नहीं था, उसे भी पता चल गया। भूल मुझसे हुई। अगर मैं उन्हें देखकर पीठ मोड़ लेता तो वे मुझे पहचान नहीं पाते, यह बखेड़ा उठता ही नहीं।"

कुन्तो बोल उठी, "मैं कहती हूँ तुम डरा नहीं करो। तुम सबसे ज्यादा योग्य हो, अपने काम में सबसे आगे हो, अगर तुम्हारी यह डरने की आदत हट जाए तो तुम सोने के आदमी हो।"

"डर कौन रहा है! यों ही वाहियात बातें करने लगी हो।"

कुन्तो धीरे से बोली : "मुझे छोड़कर तुम सबसे डरते हो और सच पूछो तो मुझसे भी डरते हो।"

"अच्छा-अच्छा, अब चुप रहो। बीवियाँ होती हैं जिनसे आदमी कोई दिल की बात करता है, कोई सलाह-मशविरा करता है। एक यह है कि बात-बात पर उपदेश झाड़ने लगती है।"

कुन्तो फिर हँसती हुई अपने बिस्तर में से निकली और पति के बिस्तर में जा पहुँची।

"नाराज़ हो गए? तुम बड़ी जल्दी रूठ जाते हो।...हाय, तुम्हारे हाथ ठण्डे हो रहे हैं। अरे, और माथे पर पसीना आ रहा है। बात क्या है?"

"कुछ नहीं, कुछ नहीं, जाओ तुम अपनी खाट पर जाकर सो रहो।"

"मैं नहीं जाऊँगी, पहले बताओ बात क्या है? तुम क्यों उल्टी-सीधी सोचा करते हो? खन्ना साहब ने चिट्ठी लिख दी तो कौन-सा गुनाह कर दिया! तुम्हारे भले के लिए ही लिखी है। खुद कह रहे थे कि सिफारिश के बिना काम नहीं चलता। अब किसी ने पीठ पर हाथ रखा तो उल्टा बिगड़ने लगे हो। अगर सुपरिण्टेण्डेण्ट ने देख लिया, तो तुम्हारी बला से। अगर क्लर्क जलते हैं तो जलने दो, हमने किसी का ठेका ले रखा है?"

"बात तो ठीक कहती हो, मैं यों ही ज्यादा सोचने लगता हूँ। पर सुपरिण्टेण्डेण्ट रिपोर्ट तो खराब कर सकता है। मेरी चौदह साल की सर्विस धूल में मिला सकता है।"

"क्यों मिला सकता है? खालाजी का घर है क्या? उल्टा वह तुमसे डरेगा तुमसे खम खाएगा। जान लेगा कि बड़े अफसर तुम्हारी पीठ पर हैं।"

पत्नी की आवाज़ में दृढ़ता का भास पाकर, त्रिलोकी को आश्वासन हुआ, उसे लगा जैसे उसकी पत्नी सुपरिण्टेण्डेण्ट की कलम को रोक सकती है।

"अच्छा जाओ, अब जाकर सो रहो। कुछ करूँगा, ठीक कर लूँगा, तुम जाओ सो रहो।"

"बात बहुत मन को नहीं लगाया करो। अभी सो जाओ, सुबह तुम्हें काम पर जाना है।"

और कुन्तो पति के बिस्तर में से उठ आई और अपनी खाट पर जा लेटी। देर तक दोनों फिर छत को ताकते रहे। फिर धीरे-धीरे कुन्तो को हल्की-हल्की झपकियाँ आने लगीं।

कोई घण्टा-भर बाद कुन्तो हड़बड़ाकर जागी और पति की खाट की ओर देखा। त्रिलोकी के बिस्तर से कोई आवाज़ नहीं आ रही थी। पहले तो आश्वस्त हो गई कि त्रिलोकी सो गया होगा, फिर उसे लगा जैसे बिस्तर खाली है। वह झट से उठकर बैठ गई और अँधेरे में बाहर की ओर झाँककर देखा। त्रिलोकी बरामदे में खड़ा था, मेहराब से कन्धा टिकाए हुए, फिर वह मेहराब पर से हट गया और टहलने लगा। पीठ के पीछे हाथ, गंजा सिर आगे की ओर झुका हुआ। प्रभात के झुटपुटे में अच्छा-भला आदमी भी प्रेत लगने लगता है।

"हाय, इन्हें क्या हो गया है? ऐसे भी कोई बात दिल को लगा लेता है!"

कुन्तो खाट पर से उतर आई और बरामदे में पहुँची।

"तुम्हें मेरे सिर की कसम, अन्दर चलो। हुआ क्या है जो तुम इतने परेशान हो रहे हो?"

त्रिलोकी ठिठक गया।

"तुम नहीं जानती कुन्तो, मुझे लगता है खन्ना साहब ने वह चिट्ठी लिख दी होगी और मेरा काम चौपट हो जाएगा।"

"तुमने अपनी यह क्या हालत बना ली है? आखिर तुम्हें कोई नौकरी से निकाल तो नहीं रहा। अन्दर चलो।"

"मेरी चौदह साल की सर्विस धूल में मिल जाएगी..."

"कुछ नहीं हुआ, कुछ नहीं होगा, तुम अन्दर चलो।"

"तुम समझती क्यों नहीं हो कुन्तो, मेरा वास्ता सेक्रेटरी के साथ नहीं पड़ता, मेरा वास्ता सुपरिण्टेण्डेण्ट के साथ पड़ता है। मेरी नकेल तो उसके हाथ में रहती है।"

और त्रिलोकी की आँखों के सामने फिर सुपरिण्टेण्डेण्ट का चेहरा घूम गया।

"तुम बात को समझा करो कुन्तो, दफ्तर में सभी काम फाइलों पर होते हैं। सेक्रेटरी ने ज्यों ही मेरी फाइल मँगवाई कि सुपरिण्टेण्डेण्ट को पता चल जाएगा। बल्कि जिस तरह वह मुझे देख-देखकर मुसकरा रहा था, मुझे यकीन है, उसे अभी से पता चल चुका है। सुपरिण्टेण्डेण्ट चिढ़ गया है। वह दिल का अच्छा आदमी नहीं है। मुझसे यों भी डाह करता है, क्योंकि मैं उससे ज्यादा पढ़ा हुआ हूँ। ये लोग जान-बूझकर रिपोर्ट खराब कर देते हैं।"

"अच्छा तुम इस वक्त तो अन्दर चलो। देखा जाएगा जो होगा। सुबह होने को आई है और तुम पल-भर के लिए भी नहीं सो पाए। चलो अन्दर।"

त्रिलोकी ने पत्नी का हाथ ज़ोर से झटक दिया, "तुम मुझे दम भी लेने दोगी या नहीं? दिन-रात पीछे पड़ी रहती हो। जब से इस घर में आई हो एक दिन चैन का नसीब नहीं हुआ।"

कुन्तो धक् से रह गई। फिर उसे अपनी बाँहों में भरती हुई बोली, "...मुझे जो मन में आए कह लो। मगर अन्दर चलो। घण्टे-दो-घण्टे सो लो। देखो, रात-भर बेचैन रहे हो।"

"हटो जी, यह क्या मज़ाक है..." त्रिलोकी ने अपने को छुड़ाने की कोशिश करते हुए कहा, फिर चुपचाप अन्दर चला गया और सिसकी भरकर खाट पर लेट गया।

पक्षी चहक रहे थे, आकाश में सुहावनी सुबह की लाली खिल चुकी थी

और मीठी-मीठी ठण्डी हवा बह रही थी, जब त्रिलोकीनाथ खन्ना साहब के बंगल के बाहर खड़ा बार-बार अन्दर झाँक रहा था और निश्चय नहीं कर पा रहा था कि अन्दर चला जाए या वहीं खड़ा इन्तज़ार करे।

वह अभी सोच ही रहा था कि खन्ना साहब सुबह सैर के कपड़े पहने, खँखारते हुए बाहर निकले, ''कौन है? अरे त्रिलाकी, तुम कब से यहाँ खड़े हो? आओ अन्दर चलो।'' फिर वहीं खड़े-खड़े कहने लगे, ''माफ करना मैं अभी चिट्ठी नहीं लिख पाया। कुछ काम आ पड़ा था, बीच में ही रह गई। मैं आज जरूर लिख दूँगा।''

त्रिलोकी ने पहली बार आँख उठाकर खन्ना साहब के चेहरे की ओर देखा। एक क्षण में ही मनों बोझ उसकी छाती पर से, कन्धों पर से और सिर पर से उतर गया।

''नहीं, नहीं खन्ना साहब, आप कष्ट न कीजिए।...मुझे... यों भी मुझे इस साल तरक्की मिल जाने की आशा है।...मेरी सर्विस काफी लम्बी हो चुकी है, सर!''

खन्ना साहब हतबुद्धि-से त्रिलोकी के चेहरे की ओर देखने लगे। उन्हें आश्चर्य हुआ, कुछ गुस्सा भी आया कि इस क्लर्क ने मेरी सिफारिश को महत्त्व नहीं दिया। पर इस बात का इत्मीनान भी हुआ कि अनावश्यक उत्साह में जो चिट्ठी लिखने का वचन दे आए थे, उस पचड़े में से निकलने के लिए त्रिलोकी खुद चला आया था।

''हर्ज तो कोई नहीं था अगर लिख देता, मगर तुम अपने दफ्तर की बातों को मुझसे ज्यादा समझते हो। जो ज़रूरत नहीं, तो न सही।''

हल्के डग भरता हुआ त्रिलोकी दफ्तर को चला। थोड़ी देर बाद ही सेक्रेटेरियट के ऊँचे-ऊँचे गुम्बद आँखों के सामने आए, रोज़ की तरह आसमान से बातें करते हुए। क्लर्कों की भीड़ साइकिलों पर उनकी ओर बढ़े जा रही थी। बाबू त्रिलोकीनाथ के पाँव धीरे-धीरे फिर बोझिल होने लगे और मन फिर उधेड़-बुन में खोने लगा।

अमृतसर आ गया है...

गाड़ी के डिब्बे में बहुत मुसाफिर नहीं थे। मेरे सामने वाली सीट पर बैठे सरदारजी देर से मुझे लाम के किस्से सुनाते रहे थे। वह लाम के दिनों में बर्मा की लड़ाई में भाग ले चुके थे और बात-बात पर खी-खी करके हँसते और गोरे फौजियों की खिल्ली उड़ाते रहे थे। डिब्बे में तीन पठान व्यापारी भी थे, उनमें से एक हरे रंग की पोशाक पहने हुए ऊपर वाली बर्थ पर लेटा हुआ था। वह आदमी बड़ा हँसमुख था और बड़ी देर से मेरे साथ वाली सीट पर बैठे एक दुबले-से बाबू के साथ उसका मज़ाक चल रहा था। वह दुबला बाबू पेशावर का रहने वाला जान पड़ता था क्योंकि किसी-किसी वक्त वे आपस में, पश्तो में बातें करने लगते थे। मेरे सामने दाईं ओर कोने में, एक बुढ़िया मुँह-सिर ढाँपे बैठी थी और देर से माला जप रही थी। यही कुछ लोग रहे होंगे। संभव है, दो-एक और मुसाफिर भी रहे हों। पर वे स्पष्टतः मुझे याद नहीं।

गाड़ी धीमी रफ्तार से चली जा रही थी; और गाड़ी में बैठे मुसाफिर बतिया रहे थे, और बाहर गेहूँ के खेतों में हल्की-हल्की लहरियाँ उठ रही थीं, और मैं मन-ही-मन बड़ा खुश था क्योंकि मैं दिल्ली में होने वाला 'स्वतंत्रता-दिवस समारोह' देखने जा रहा था।

उन्हीं दिनों पाकिस्तान के बनाए जाने का ऐलान किया गया था और लोग तरह-तरह के अनुमान लगाने लगे थे कि भविष्य में जीवन की रूपरेखा कैसी होगी। पर किसी की भी कल्पना बहुत दूर तक नहीं जा पाती थी। मेरे सामने बैठे सरदारजी बार-बार मुझसे पूछ रहे थे कि पाकिस्तान बन जाने पर जिन्ना साहब बंबई में ही रहेंगे या पाकिस्तान में जाकर बस जाएँगे, और मेरा हर बार यही जवाब होता, "बंबई क्यों छोड़ेंगे, पाकिस्तान में आते-जाते रहेंगे, बंबई छोड़ देने में क्या तुक है।" लाहौर और गुरदासपुर के बारे में अनुमान लगाए जा रहे थे कि कौन-सा शहर किस ओर जाएगा। मिल बैठने के ढंग में, गप-शप में, हँसी-मजाक में कोई

विशेष अंतर नहीं आया था। कुछ लोग अपने घर छोड़कर जा रहे थे, जबकि अन्य लोग उनका मज़ाक उड़ा रहे थे। कोई नहीं जानता था कि कौन-सा कदम ठीक होगा और कौन-सा गलत! एक ओर पाकिस्तान बन जाने का जोश था तो दूसरी ओर हिंदुस्तान के आज़ाद हो जाने का जोश। जगह-जगह दंगे हो रहे थे और कौम-ए-आज़ादी की तैयारियाँ भी चल रही थीं। इस पृष्ठभूमि में लगता, देश आज़ाद हो जाने पर दंगे अपने-आप बंद हो जाएंगे। वातावरण के इस झुटपुटे में आज़ादी की सुनहरी धूल-सी उड़ रही थी। और साथ ही साथ अनिश्चय भी डोल रहा था, और इसी अनिश्चय की स्थिति में किसी-किसी वक्त भावी रिश्तों की रूपरेखा झलक दे जाती थी।

शायद जेहलम का स्टेशन पीछे छूट चुका था, जब ऊपरवाली बर्थ पर बैठे पठान ने एक पोटली खोल ली और उसमें से उबला हुआ मांस और नान-रोटी के टुकड़े निकाल-निकालकर अपने साथियों को देने लगा। फिर वह हँसी-मज़ाक के बीच मेरी बगल में बैठे बाबू की ओर भी नान का टुकड़ा और मांस की बोटी बढ़ाकर खाने का आग्रह करने लगा था, "खा ले बाबू, ताकत आएगी। हम जैसा हो जाएगा। बीवी भी तेरे साथ खुश रहेगी। खा ले दाल-खोर, तू दाल खाता है इसलिए दुबला है..."

डिब्बे में लोग हँसने लगे थे। बाबू ने पश्तो में कुछ जवाब दिया और फिर मुस्कराता सिर हिलाता रहा।

इस पर दूसरे पठान ने हँसकर कहा, ओ जालिम, अमारे आथ से नई लेता ऐ तो अपने आथ से उठा ले। खुदा कसम बर का गोश्त ऐ, और किसी चीज का नई ऐ।

ऊपर बैठा पठान चहक कर बोला, "ओ खंजीर के तुख्म, इधर तुमें कोन देखता ए? हम तेरी बीवी को नई बोलेगा। ओ तू अमारे साथ बोटी तोड़। हम तेरे साथ दाल पिएंगा..."

इस पर कहकहा उठा, पर दुबला-पतला बाबू हँसता सिर हिलाता रहा और कभी-कभी दो शब्द पश्तो में भी कह देता।

"ओ कितना बुरा बात ए, अम खाता ए और तू हमारा मुंह देखता ए..." सभी पठान मगन थे।

"यह इसलिए नहीं लेता कि तुमने हाथ नहीं धोए हैं।" स्थूलकाय सरदारजी बोले और बोलते ही खी-खी करने लगे। अधलेटी मुद्रा में बैठे सरदारजी की आधी तोंद सीट के नीचे लटक रही थी, "तुम अभी सोकर उठे हो और उठते ही पोटली

खोलकर खाने लग गए हो, इसीलिए बाबूजी तुम्हारे हाथ से नहीं लेते, और कोई बात नहीं।'' और सरदाजी ने मेरी ओर देखकर आँख मारी और फिर खी-खी करने लगे।

''मांस नई खाता ए बाबू, तो जाओ जनाना डब्बे में बैठो, इधर क्या करता ए?'' फिर कहकहा उठा।

डब्बे में और भी मुसाफिर थे लेकिन पुराने मुसाफिर यही थे जो सफर शुरू होने पर गाड़ी में बैठे थे। बाकी मुसाफिर उतरते-चढ़ते रहे थे। पुराने मुसाफिर होने के नाते ही उनमें एक तरह की बेतकल्लुफी आ गई थी।

''ओ इधर आकर बैठो। तुम हमारे साथ बैठो। आओ जालिम, किस्साखानी की बात करेंगे।''

तभी किसी स्टेशन पर गाड़ी रुकी थी और नए मुसाफिरों का रेला अंदर आ गया था। बहुत से मुसाफिर एक साथ घुसते चले आए थे।

''कौन-सा स्टेशन है?'' किसी ने पूछा।

''वजीराबाद है शायद।'' मैंने बाहर की ओर देखकर कहा। गाड़ी वहाँ थोड़ी देर के लिए खड़ी रही। पर छूटने से पहले एक छोटी-सी घटना घटी। एक आदमी साथ वाले डिब्बे में से पानी लेने उतरा और नल पर जाकर पानी लोटे में भर रहा था, वह भागकर अपने डिब्बे की ओर लौट आया। जब छलछलाते लोटे में से पानी गिर रहा था, लेकिन जिस ढंग से वह भागा था उसी ने बहुत कुछ बता दिया था। नल पर खड़े और लोग भी, तीन या चार आदमी रहे होंगे...इधर-उधर अपने-अपने डिब्बे की ओर भाग गए थे। इस तरह घबराकर भागते लोगों को मैं देख चुका था। देखते-देखते प्लेटफार्म खाली हो गया, मगर डिब्बे के अंदर अब भी हँसी-मजाक चल रहा था।

''कहीं कोई गड़बड़ है।'' मेरे पास बैठे दुबले बाबू ने कहा।

कहीं कुछ था लेकिन कोई भी स्पष्ट नहीं जानता था। मैं अनेक दंगे देख चुका था इसलिए वातावरण में होने वाली छोटी तबदीली को भांप गया था। भागते व्यक्ति, खटाक से बंद होते दरवाजे, घरों की छतों पर खड़े लोग, चुप्पी और सन्नाटा, सभी दंगों के चिह्न थे।

तभी पिछले दरवाजे की ओर से, जो प्लेटफार्म की ओर न खुलकर दूसरी ओर खुलता था, हल्का-सा शोर हुआ। कोई मुसाफिर अंदर घुसना चाह रहा था।

''कहाँ घुसा आ रहा है, नहीं है जगह! बोल दिया, जगह नहीं है।'' किसी ने कहा।

"बंद करो जी दरवाजा। यों ही मुंह उठाए घुसे आते हैं..." आवाजें आ रही थीं।

जितनी देर कोई मुसाफिर डिब्बे के बाहर खड़ा अंदर आने की चेष्टा करता रहे, अंदर बैठे मुसाफिर उसका विरोध करते हैं, पर एक बार जैसे-तैसे वह अंदर आ जाए तो विरोध खत्म हो जाता है और मुसाफिर जल्दी ही डिब्बे की दुनिया का निवासी बन जाता है, और अगले स्टेशन पर वही सबसे पहले बाहर खड़े मुसाफिरों पर चिल्लाने लगता है, "नहीं है जगह, अगले डिब्बे में जाओ...घुसे जाते हैं..."

दरवाजे पर शोर बढ़ता जा रहा था। तभी मैले-कुचैले कपड़ों और लटकती मूंछों वाला एक आदमी दरवाजे में से अंदर घुसता हुआ दिखाई दिया। चीकट मैले कपड़े, जरूर कहीं हलवाई का काम करता होगा। वह लोगों की शिकायती-आवाजों की ओर ध्यान दिए बिना दरवाजे की ओर घूमकर बड़ा-सा काले रंग का संदूक अंदर की ओर घसीटने लगा।

"आ जाओ, आ जाओ, तुम भी चढ़ आओ।" वह अपने पीछे किसी से कहे जा रहा था। तभी दरवाजे में एक पतली सूखी-सी औरत नजर आई और उससे पीछे सोलह-सत्तरह बरस की सांवली-सी एक लड़की अंदर आ गई। लोग अभी भी चिल्लाए जा रहे थे। सरदारजी को कूल्हों के बल उठकर बैठना पड़ा।

"बंद करो जी दरवाजा, बिना पूछे चढ़ आते हैं, अपने बाप का घर समझ रखा है। मत घुसने दो जी, क्या करते हो; धकेल दो पीछे..." और लोग भी चिल्ला रहे थे।

वह आदमी अपना सामान अंदर घसीटे जा रहा था और उसकी पत्नी, बेटी संडास के दरवाजे के साथ लगकर खड़ी थीं।

"और कोई डिब्बा नहीं मिला? औरत जात को भी यहाँ उठा लाया है!"

वह आदमी पसीने से तर था और हाँफता हुआ सामान अंदर घसीटे जा रहा था। संदूक के बाद रस्सियों में बँधी खाट की पाटियाँ अंदर खींचने लगा।

"टिकट है जी मेरे पास, मैं बेटिकट नहीं हूँ। लाचारी है। शहर में दंगा हो गया है। बड़ी मुश्किल से स्टेशन तक पहुँचा हूँ।" इस पर डिब्बे में बैठे बहुत लोग चुप हो गए पर बर्थ पर बैठा पठान उचककर बोला, "निकल जाओ, इदर से, देखता नई इदर जगह नई ए।"

और पठान ने आव देखा न ताव, आगे बढ़कर ऊपर से ही उस मुसाफिर के लात जमा दी, पर लात उस आदमी को लगने के बजाय उसकी पत्नी के कलेजे में लगी और वह वहीं हाय-हाय करती बैठ गई।

उस आदमी के पास मुसाफिरों के साथ उलझने के लिए वक्त नहीं था। वह बराबर अपना सामान अंदर घसीटे जा रहा था। पर डिब्बे में मौन छा गया। खाट की पाटियों के बाद बड़ी-बड़ी गठरियाँ आईं, इस पर ऊपर बैठे पठान की सहन-क्षमता चुक गई, "निकालो इसे, कौन ए ये?" वह चिल्लाया। इस पर दूसरे पठान ने जो नीचे की सीट पर बैठा था, उस आदमी का संदूक दरवाजे में से नीचे धकेल दिया जहाँ लाल वर्दी वाला एक कुली खड़ा सामान अंदर पहुँचा रहा था।

उसकी पत्नी के चोट लगने पर कुछ मुसाफिर चुप हो गए थे। केवल कोने में बैठी बुढ़िया कुरलाए जा रही थी, "ऐ नेकबख्तो, बैठने दो, आ जा बेटी, तू मेरे पास आ जा। जैसे-तैसे सफर काट लेंगे। छोड़ो, बे जालिमो, बैठने दो..."

अभी आधा सामान ही अंदर आ पाया होगा, जब सहसा गाड़ी सरकने लगी।

"छूट गया! सामान छूट गया।" वह आदमी बदहवास-सा होकर चिल्लाया।

"पिताजी सामान छूट गया।" संडास के दरवाजे के पास खड़ी लड़की सिर से पाँव तक काँप रही थी और चिल्लाए जा रही थी।

"उतरो, नीचे उतरो।" वह आदमी हड़बड़ाकर चिल्लाया और आगे बढ़कर खाट की पटियाँ और गठरियाँ बाहर फेंकते हुए दरवाजे का डंडहरा पकड़कर नीचे उतर गया। उसके पीछे उसकी भयाकुल बेटी और फिर उसकी पत्नी, कलेजे को दोनों हाथों से दबाए हाय-हाय करती नीचे उतर गई।

"बहुत बुरा किया है तुम लोगों ने, बहुत बुरा किया है।" बुढ़िया ऊँचा-ऊँचा बोल रही थी, "तुम्हारे दिल में दर्द मर गया है। छोटी-सी बच्ची उनके साथ थी, बेरहमो, तुमने बहुत बुरा किया है। धक्के देकर उतार दिया है।"

गाड़ी सूने प्लेटफार्म को लाँघती आगे बढ़ गई। डिब्बे में व्याकुल-सी चुप्पी छा गई। बुढ़िया ने बोलना बंद कर दिया था। पठानों का विरोध कर पाने की हिम्मत नहीं हुई।

तभी मेरी बगल में बैठे दुबले बाबू ने मेरे बाजू पर हाथ रखकर कहा, "आग है। देखो, आग लगी है।"

गाड़ी प्लेटफार्म छोड़कर आगे निकल आई थी और शहर पीछे छूट रहा था। तभी शहर की ओर से उठते धुएं के बादल और उनमें लपलपाते आग के शोले नजर आने लगे थे।

दंगा हुआ है। स्टेशन पर भी लोग भाग रहे थे। कहीं दंगा हुआ है।

शहर में आग लगी थी। बात डिब्बे-भर के मुसाफिरों को पता चल गई और वे लपक-लपककर खिड़कियों में से आग का दृश्य देखने लगे।

जब गाड़ी शहर छोड़कर आगे बढ़ गई तो डिब्बे में सन्नाटा छा गया था। मैंने घूमकर डिब्बे के अंदर देखा, दुबले बाबू का चेहरा पीला पड़ गया था। और माथे पर पसीने की परत किसी मुरदे के माथे की तरह चमक रही थी। मुझे लगा जैसे अपनी-अपनी जगह बैठे सभी मुसाफिरों ने अपने आसपास बैठे लोगों का जायजा ले लिया है। सरदारजी उठकर मेरी सीट पर आ बैठे। नीचे वाली सीट पर बैठा पठान अपने दो पठानों के साथ ऊपर वाली बर्थ पर चढ़ गया। यही क्रिया शायद रेलगाड़ी के अन्य डिब्बे में भी चल रही थी। डिब्बे में तनाव आ गया। लोगों ने बतियाना बंद कर दिया। तीनों-के-तीनों पठान ऊपर वाली बर्थ पर एक साथ बैठे चुपचाप नीचे की ओर देखे जा रहे थे। सभी मुसाफिरों की आँखें पहले से ज्यादा शंकित-सी लगीं। यही स्थिति संभवतः गाड़ी के सभी डिब्बों में व्याप्त हो रही थी।

"कौन-सा स्टेशन था यह?" डिब्बे में किसी ने पूछा।

'वजीराबाद।' किसी ने उत्तर दिया।

जवाब मिलने पर डिब्बे में एक और प्रतिक्रिया हुई। पठानों के मन का तनाव फौरन ढीला पड़ गया, जबकि हिन्दू-सिख मुसाफिरों की चुप्पी और ज्यादा गहरी हो गई। एक पठान ने अपने वास्कट की जेब से नसवार की डिबिया निकाली और नाक में नसवार चढ़ाने लगा। अन्य पठान भी अपनी-अपनी डिबिया निकालकर नसवार चढ़ाने लगा। बुढ़िया बराबर माला जपे जा रही थी। किसी-किसी वक्त उसके बुदबुदाते होंठ नजर आते। लगता, उनमें से कोई खोखली-सी आवाज निकल रही है।

अगले स्टेशन पर जब गाड़ी रुकी तो वहाँ भी सन्नाटा था। कोई परिंदा तक नहीं फड़क रहा था। हाँ, एक भिश्ती, पीठ पर पानी की मशक लादे, प्लेटफार्म लाँघकर आया और मुसाफिरों को पानी पिलाने लगा, "लो, पिओ पानी, पानी पिओ।" औरतों के डिब्बे में से औरतों और बच्चों के अनेक हाथ बाहर निकल आए थे।

"बहुत मार-काट हुई है, बहुत लोग मरे हैं।" लगता था, वह इस मार-काट में अकेला पुण्य कमाने चला आया है।

गाड़ी सरकी तो सहसा खिड़कियों के पल्ले चढ़ाए जाने लगे। दूर-दूर तक पहियों की गड़गड़ाहट के साथ खिड़कियों के पल्ले चढ़ने की आवाज आने लगी।

किसी अज्ञात आशंकावश दुबला बाबू मेरे पास वाली सीट पर से उठा और दो सीटों के बीच फर्श पर लेट गया। उसका चेहरा अभी भी मुरदे जैसा पीला

हो रहा था। इस पर बर्थ पर बैठा पठान उसकी ठिठोली करने लगा, "ओ बेगैरत, तुम मर्द ए कि औरत ए? सीट पर से उठकर नीचे लेटता ए। तुम मर्द के नाम को बदनाम करता ए।" वह बोल रहा था और बार-बार हँसे जा रहा था। फिर वह उससे पश्तो में कुछ कहने लगा। बाबू चुप बना लेटा रहा। अन्य सभी मुसाफिर चुप थे। डिब्बे का वातावरण बोझिल बना हुआ था।

"ऐसे आदमी को अम डिब्बे में बैठने नई देगा। ओ बाबू, तुम अगले स्टेशन पर उतर जाओ और जनाना डिब्बे में बैठो।"

मगर बाबू की हाजिरजवाबी अपने कंठ में सूख चली थी। हकलाकर चुप हो रहा। पर थोड़ी देर बाद वह अपने-आप उठकर सीट पर जा बैठा और देर तक अपने कपड़ों की धूल झाड़ता रहा। वह क्यों उठकर फर्श पर लेट गया था? शायद उसे डर था कि शहर से गाड़ी पर पथराव होगा या गोली चलेगी, शायद इसी कारण खिड़कियों के पल्ले चढ़ाए जा रहे थे।

कुछ भी कहना कठिन था। मुमकिन है, किसी एक मुसाफिर ने किसी कारण से खिड़की पल्ला चढ़ाया हो और उसकी देखा-देखी बिना सोचे समझे, धड़ाधड़ खिड़कियों के पल्ले चढ़ाए जाने लगे हों।

बोझिल, अनिश्चित-से वातावरण में सफर कटने लगा। रात गहराने लगी थी। डिब्बे के मुसाफिर स्तब्ध और शंकित ज्यों-के-त्यों बैठे थे। कभी गाड़ी की रफ्तार सहसा टूटकर धीमी पड़ जाती थी तो लोग एक-दूसरे की ओर देखने लगते। कभी रास्ते में ही रुक जाती तो डिब्बे के अंदर का सन्नाटा और भी गहरा हो उठता। केवल पठान निश्चिंत थे। हाँ, उन्होंने भी बतियाना छोड़ दिया था, क्योंकि उनकी बातचीत में कोई शामिल होने वाला न था।

धीरे-धीरे पठान ऊँघने लगे जबकि अन्य मुसाफिर फटी-फटी आँखों से शून्य में देखे जा रहे थे। बुढ़िया मुँह-सिर लपेटे, टाँगें सीट पर चढ़ाए, बैठी-बैठी सो गई थी। ऊपरवाली बर्थ पर एक पठान ने, अधलेटे ही, कुर्ते की जेब में से काले मणकों की तसबीह निकाल ली और उसे धीरे-धीरे हाथ में चलाने लगा।

खिड़की के बाहर आकाश में चाँद निकल आया और चाँदनी में बाहर की दुनिया और भी अनिश्चित, और भी अधिक रहस्यमयी हो उठी। किसी-किसी वक्त दूर किसी ओर आग के शोले उठते नजर आते, कोई नगर जल रहा था। गाड़ी किसी वक्त चिंघाड़ती हुई आगे बढ़ने लगती, फिर किसी वक्त उसकी रफ्तार धीमी पड़ जाती और मीलों तक धीमी रफ्तार से ही चलती रहती।

सहसा दुबला बाबू खिड़की में से बाहर देखकर ऊँची आवाज में बोला,

"हरबंसपुरा निकल गया है!" उसकी आवाज में उत्तेजना थी, वह जैसे चीखकर बोला था। डिब्बे के सभी लोग उसकी आवाज सुनकर चौंक गए। उसी वक्त डिब्बे के अधिकांश मुसाफिरों ने मानो उसकी आवाज को ही सुनकर करवट बदली।

"ओ बाबू, चिल्लाता क्यों ए?" तसबीह वाला पठान चौंककर बोला, "इधर उतरेगा तुम? जंजीर खींचूं?" और खी-खी करके हँस दिया। जाहिर है, वह हरबंसपुरा की स्थिति से अथवा उसके नाम से अनभिज्ञ था।

बाबू ने कोई उत्तर नहीं दिया, केवल सिर हिला दिया और एक-आध बार पठान की ओर देखकर फिर खिड़की से बाहर झाँकने लगा।

डिब्बे में फिर मौन छा गया। तभी इंजन ने सीटी दी और उसकी एकरस रफ्तार टूट गई। थोड़ी देर बाद खटाक का-सा शब्द हुआ, शायद गाड़ी ने लाइन बदली थी। बाबू ने झाँककर उस दिशा में देखा जिस ओर गाड़ी बढ़े जा रही थी।

"शहर आ गया है।" वह फिर ऊँची आवाज में चिल्लाया, "अमृतसर आ गया है!" उसने फिर से कहा और उछलकर खड़ा हो गया, और ऊपर वाली बर्थ पर लेटे पठान को संबोधन करके चिल्लाया, "ओ बे पठान के बच्चे! नीचे उतर! तेरी मां की...नीचे उतर, तेरी उस पठान बनाने वाले की मैं..."

बाबू चिल्लाने लगा था और चीख-चीखकर गालियां बकने लगा था। तसबीह वाले पठान ने करवट बदली और बाबू की ओर देखकर बोला, "ओ क्या ए बाबू? अमको कुछ बोला?"

बाबू को उत्तेजित देखकर अन्य मुसाफिर भी उठ बैठे।

"नीचे उतर, तेरी मां...हिंदू औरत को लात मारता है, हरामजादे, तेरी उस..."

"ओ बाबू, बक-बक नहीं करो। ओ खंजीर के तुख्म, गाली मत बको, अमने बोल दिया। अम तुम्हारा जबान खींच लेगा।"

"गाली देता है, मादर...!" बाबू चिल्लाया और उछलकर सीट पर चढ़ गया। वह सिर से पांव तक कांप रहा था।

"बस! बस!" सरदाजी बोले, "यह लड़ने की जगह नहीं है। थोड़ी देर का सफर बाकी है। आराम से बैठो।"

"तेरी मैं लात न तोड़ू तो कहना, गाड़ी तेरे बाप की है!" बाबू चिल्लाया!

"ओ अमने क्या बोला। सभी लोग उसको निकालता था; अमने भी निकाला। ये इदर हमको गाली देता ए। अम इसका जबान खींच लेगा।"

बुढ़िया बीच में फिर बोल उठी, "वे जीण जोगयो, अराम नाल बैठो। ये रब्ब दियो बंदयो, कुछ होश करो।"

उसके होंठ किसी प्रेत के होंठों की तरह फड़फड़ाए जा रहे थे और उनमें से क्षीण-सी फुसफुसाहट सुनाई दे रही थी।

बाबू चिल्लाए जा रहा था, "अपने घर में शेर बनता था। अब बोल, तेरी मैं उस पठान बनाने वाली की..."

तभी गाड़ी अमृतसर के प्लेटफार्म पर रुकी। प्लेटफार्म लोगों से खचाखच भरा था। प्लेटफार्म पर खड़े लोग झाँक-झाँककर डिब्बों के अंदर देखने लगे। बार-बार एक ही सवाल पूछ रहे थे, "पीछे क्या हुआ है? कहाँ पर दंगा हुआ है?"

खचाखच भरे प्लेटफार्म पर शायद इसी बात की चर्चा चल रही थी कि पीछे क्या हुआ है। प्लेटफार्म पर खड़े दो-तीन खोमचेवालों पर मुसाफिर टूट पड़ रहे थे। सभी को सहसा भूख और प्यास परेशान करने लगी थी। इसी दौरान तीन-चार पठान हमारे डिब्बे के बाहर प्रकट हो गए और खिड़की से झाँक-झाँककर अंदर देखने लगे। अपने पठान साथियों पर नजर पड़ते ही वे उनसे पश्तो में कुछ बोलने लगे। मैंने घूम-घूमकर देखा, बाबू डिब्बे में नहीं था। न जाने कब वह डिब्बे में से निकल गया था। मेरा माथा ठनका। गुस्से से वह पागल हुआ जा रहा था। न जाने क्या कर बैठे। पर इस बीच डिब्बे के तीनों पठान, अपनी-अपनी गठरी उठाकर बाहर निकल गए और अपने पठान साथियों के साथ गाड़ी के अगले किसी डिब्बे की ओर बढ़ गए। जो विभाजन पहले प्रत्येक डिब्बे के भीतर होता रहा था, अब सारी गाड़ी के स्तर पर होने लगा था।

खोमचे वालों के इर्द-गिर्द भीड़ छँटने लगी थी। लोग अपने-अपने डिब्बों में लौटने लगे। तभी सहसा एक ओर से मुझे वह बाबू आता दिखाई दिया। उसका चेहरा अब भी बहुत पीला था और माथे पर बालों की लट झूल रही थी। नजदीक पहुँचा तो मैंने देखा, उसने अपने दाएं हाथ में लोहे की एक छड़ उठा रखी थी। जाने उसे वह कहाँ से मिल गई थी। डिब्बे में घुसते समय उसने छड़ को अपनी पीठ पीछे कर लिया और मेरे साथ वाली सीट पर बैठने से पहले उसने हौले से छड़ को सीट के नीचे सरका दिया। सीट पर बैठते ही उसकी आँख पठानों को देख पाने के लिए ऊपर को उठीं। पर डिब्बे में पठानों को न पाकर वह हड़बड़ाकर चारों ओर देखने लगा।

"निकल गए हरामी, मादर...सबके-सब निकल गए!" फिर वह सिटपिटाकर

उठ खड़ा हुआ और चिल्लाकर बोला, "तुमने उन्हें जाने क्यों दिया? तुम सब नामर्द हो, बुजदिल!"

पर गाड़ी में भीड़ बहुत थी। बहुत से नए मुसाफिर आ गए थे। किसी ने उसकी ओर विशेष ध्यान नहीं दिया।

गाड़ी सरकने लगी तो वह फिर मेरी बगल वाली सीट पर आ बैठा। पर वह बड़ा उत्तेजित था और बराबर बड़बड़ाए जा रहा था।

धीरे-धीरे हिचकोले खाती गाड़ी आगे बढ़ने लगी थी। डिब्बे के पुराने मुसाफिरों ने भर पेट पूरियाँ खा ली थीं और पानी पी लिया था और गाड़ी उस इलाके में आगे बढ़ने लगी थी, जहाँ उनके जान-माल का खतरा नहीं था।

नए मुसाफिर बतिया रहे थे। धीरे-धीरे गाड़ी फिर समतल गति से चलने लगी थी। कुछ ही देर बाद लोग ऊंघने लगे थे। मगर बाबू अभी आँखों से सामने की ओर देखे जा रहा था। बार-बार मुझसे पूछता कि पठान डिब्बे में से निकलकर किस ओर को गए हैं। उसके सिर पर जुनून सवार था।

गाड़ी के हिचकोले में मैं खुद ऊंघने लगा था। डिब्बे में लेट पाने के लिए जगह नहीं थी। बैठे-बैठे ही नींद में मेरा सिर कभी एक ओर को लुढ़क जाता, कभी दूसरी ओर को। किसी-किसी वक्त झटके से मेरी नींद टूटती, और मुझे सामने की सीट पर अस्तव्यस्त-से पड़े सरदारजी के खर्राटे सुनाई देते। अमृतसर पहुँचने के बाद सरदारजी फिर से सामने वाली सीट पर टाँगें पसारकर लेट गए थे। डिब्बे में तरह-तरह की आड़ी-तिरछी मुद्राओं में मुसाफिर पड़े थे। उनकी वीभत्स मुद्राओं को देखकर लगता, डिब्बा लाशों से भरा है। पास बैठे बाबू पर नजर पड़ती तो कभी तो वह खिड़की के बाहर मुँह किए देख रहा होता, कभी दीवार से पीठ लगाए तनकर बैठा नजर आता।

किसी-किसी वक्त गाड़ी किसी स्टेशन पर रुकती तो पहियों की गड़गड़ाहट बंद होने पर निःस्तब्धता-सी छा जाती। तभी लगता, जैसे प्लेटफार्म पर कुछ गिरा है। या जैसे कोई मुसाफिर गाड़ी से उतरा है और मैं झटके से उठकर बैठ जाता।

इसी तरह जब मेरी एक बार नींद टूटी तो गाड़ी की रफ्तार धीमी पड़ गई थी और डिब्बे में अँधेरा था। मैंने उसी तरह अधलेटे खिड़की से बाहर देखा। दूर, पीछे की ओर किसी स्टेशन के सिग्नल के लाल कुमकुमे चमक रहे थे। स्पष्टतः गाड़ी कोई स्टेशन लाँघकर आई थी। पर अभी तक उसने कोई रफ्तार नहीं पकड़ी थी।

डिब्बे के बाहर मुझे धीमे अस्फुट स्वर सुनाई दिए। दूर ही एक धूमिल-सा काला पुंज नजर आया। नींद की खुमारी में मेरी आँखें कुछ देर तक उस पर लगी रहीं, फिर मैंने उसे समझ पाने का विचार छोड़ दिया। डिब्बे के अंदर अँधेरा था, बत्तियाँ बुझी हुई थीं; लेकिन बाहर लगता था, पौ फटने वाली है।

मेरी पीठ पीछे, डिब्बे के बाहर किसी चीज को खरोंचने की-सी आवाज आई। मैंने दरवाजे की ओर घूमकर देखा। डिब्बे का दरवाजा बंद था। मुझे फिर से दरवाजा खरोंचने की आवाज सुनाई दी, फिर मैंने साफ-साफ सुना, लाठी से कोई व्यक्ति डिब्बे का दरवाजा पटपटा रहा था। मैंने झाँककर खिड़की के बाहर देखा। सचमुच एक आदमी डिब्बे की दो सीढ़ियाँ चढ़ आया था। उसके कंधे पर एक गठरी झूल रही थी। और हाथ में लाठी थी और उसने बदरंग-से कपड़े पहन रखे थे और उसके दाढ़ी थी। फिर मेरी नजर बाहर की ओर गई। गाड़ी के साथ-साथ एक औरत चली आ रही थी, नंगे पाँव। और उसने दो गठरियाँ उठा रखी थीं : बोझ के कारण उससे दौड़ा नहीं जा रहा था। डिब्बे के पायदान पर खड़ा आदमी बार-बार उसकी ओर मुड़कर देख रहा था और हाँफता हुआ कहे जा रहा था, ''आ जा, आ जा, तू भी, आ जा!''

दरवाजे पर फिर से लाठी पटपटाने की आवाज आई, ''खोलो जी दरवाजा, खुदा के वास्ते दरवाजा खोलो।''

वह आदमी हाँफ रहा था, ''खुदा के लिए दरवाजा खोलो। मेरे साथ में औरत जात है। गाड़ी निकल जाएगी...''

सहसा मैंने देखा, बाबू हड़बड़ाकर उठ खड़ा हुआ और दरवाजे के पास जाकर दरवाजे में लगी खिड़की में से मुँह बाहर निकालकर बोला, ''कौन है? इधर जगह नहीं है।'' बाहर खड़ा आदमी फिर गिड़गिड़ाने लगा, ''खुदा के वास्ते, गाड़ी निकल जाएगी...''

और वह आदमी खिड़की में से अपना हाथ अन्दर डालकर दरवाजा खोल पाने के लिए सिटकनी टटोलने लगा।

''नहीं है जगह बोल दिया, उतर जाओ गाड़ी पर से।'' बाबू चिल्लाया और उसी क्षण लपककर दरवाजा खोल दिया।

'या अल्लाह!' उस आदमी के अस्फुट-से शब्द सुनाई दिए। दरवाजा खुलने पर जैसे उसने इत्मीनान की साँस ली हो।

और उसी वक्त मैंने बाबू के हाथ में छड़ को चमकते देखा। एक ही भरपूर वार बाबू ने उस मुसाफिर के सिर पर किया था। मैं देखते ही डर गया और

मेरी टाँगें लरज गईं। मुझे लगा, जैसे छड़ के वार का उस आदमी पर कोई असर नहीं हुआ। उसके दोनों हाथ अभी भी जोर से डंडे को पकड़े हुए थे। कंधे पर से लटकती गठरी खिसककर उसकी कोहनी पर आ गई थी।

तभी सहसा उसके चेहरे पर लहू की दो-तीन धारें एक साथ फूट पड़ीं। झुटमुटे में मुझे उसके खुले होंठ और चमकते दाँत नजर आए। वह दो-एक बार 'या अल्लाह' बुदबुदाया, फिर उसके पैर लड़खड़ा गए। उसकी आँखों ने बाबू की ओर देखा, अधमुँदी-सी आँखें जो धीरे-धीरे सिकुड़ती जा रही थीं, मानो उसे पहचानने की कोशिश कर रही हों कि वह कौन है और उससे किस अदावत का बदला ले रहा है। इस बीच अँधेरा कुछ और छँट गया था। उसके होंठ फिर से फड़फड़ाए और उनमें उसके सफेद दाँत फिर से झलक उठे। मुझे लगा, जैसे वह मुस्कराया है। पर वास्तव में त्रास के कारण उसके होंठों पर बल पड़ने लगे थे।

नीचे पटरी के साथ-साथ भागती औरत बड़बड़ाए और कोसे जा रही थी। उसे अभी मालूम नहीं हो पाया कि क्या हुआ है? वह अभी भी शायद यही समझ रही थी कि गठरी के कारण उसका पति गाड़ी पर ठीक तरह से चढ़ नहीं पा रहा है, कि उसका पैर जम नहीं पा रहा है। वह गाड़ी के साथ-साथ भागती हुई, अपनी दो गठरियों के बावजूद अपने पति के पैर को पकड़-पकड़कर सीढ़ी पर टिकाने की कोशिश कर रही थी।

तभी सहसा डंडहरे पर से उस आदमी के दोनों हाथ छूट गए और वह कटे पेड़ की भांति नीचे आ गिरा। और उसके गिरते ही औरत ने भागना बंद कर दिया, मानो उन दोनों का सफर एक साथ खत्म हो गया।

बाबू अभी भी मेरे निकट, डिब्बे के खुले दरवाजे में बुत-का-बुत बना खड़ा था। लोहे की छड़ अभी उसके हाथों में थी। मुझे लगा, जैसे वह छड़ को फेंक देना चाहता है लेकिन उसे फेंक नहीं पा रहा, उसका हाथ जैसे उठ नहीं रहा था। मेरी साँस अभी भी फूली हुई थी और डिब्बे के अँधियारे कोने में मैं खिड़की के साथ सटकर बैठा उसकी ओर देखे जा रहा था।

फिर वह आदमी खड़े-खड़े हिला। किसी अज्ञात प्रेरणावश वह एकदम आगे बढ़ आया और दरवाजे में से बाहर पीछे की ओर देखने लगा। गाड़ी आगे निकलती जा रही थी। दूर पटरी के किनारे अँधियारा पुंज-सा नजर आ रहा था।

बाबू का शरीर हरकत में आया, एक झटके में उसने छड़ को डिब्बे के बाहर फेंक दिया, फिर घूमकर डिब्बे के अंदर दाएं-बाएं देखने लगा। सभी मुसाफिर सोए पड़े थे। मेरी ओर उसकी नजर नहीं उठी।

थोड़ी देर तक वह खड़ा रहा, फिर उसने घूमकर दरवाजा बंद कर दिया। उसने ध्यान से अपने कपड़ों की ओर देखा, अपने हाथों की ओर देखा। फिर एक-एक करके अपने हाथों को नाक के पास ले जाकर उन्हें सूँघा, मानो जानना चाहता हो कि उसके हाथों से खून की बू तो नहीं आ रही है। फिर वह दबे पाँव चलता हुआ आया और मेरी बगल वाली सीट पर बैठ गया।

धीरे-धीरे झुटपुटा छँटने लगा, दिन खुलने लगा। साफ-सुथरी-सी रोशनी चारों ओर फैलने लगी। किसी ने जंजीर खींचकर गाड़ी को खड़ा नहीं किया था, छड़ खाकर गिरी उसकी देह मीलों पीछे छूट चुकी थी। सामने गेहूँ के खेतों में फिर से हल्की लहरियां उठने लगी थीं।

सरदारजी बदन खुजलाते उठ बैठे। मेरी बगल में बैठा बाबू दोनों हाथ सिर के पीछे रखे सामने की ओर देखे जा रहा था। रात-भर में उसके चेहरे पर दाढ़ी के छोटे-छोटे बाल उग आए थे। अपने सामने बैठा देखकर सरदार उसके साथ बतियाने लगा, "बड़े जीवट वाले हो बाबू! दुबले-पतले हो, पर बड़े गुर्दे वाले हो। बड़ी हिम्मत दिखाई है। तुमसे डरकर ही वे पठान डिब्बे में से निकल गए, यहाँ बने रहते तो एक-न-एक की खोपड़ी तुम जरूर दुरुस्त कर देते..." और सरदारजी हँसने लगे।

बाबू जवाब में मुस्कराया, एक वीभत्स-सी मुसकान और देर तक सरदार के चेहरे की ओर देखता रहा।

साग-मीट

सा ग-मीट बनाना क्या मुश्किल है। आज शाम खाना यहीं खाकर जाओ, मैं तुम्हारे सामने बनाऊँगी, सीख भी लेना और खा भी लेना। रुकोगी ना? इन्हें साग-मीट बहुत पसन्द है। जब कभी दोस्तों को खाना करते हैं, तो साग-मीट जरूर बनवाते हैं। हाय, साग-सीट तो जग्गा बनाता था। वह होता, तो मैं उससे साग-मीट बनवाकर तुम्हें खिलाती। उसके हाथ में बड़ा रस था। वह उसमें दही डालता, लहसन डालता, जाने क्या-क्या डालता। बड़े शौक से बनाता था। मेरे तो तीन-तीन डिब्बे घी के महीने में निकल जाते हैं। नौकरों के लिए डालडा रखा हुआ है, पर कौन जाने, मुए हमें डालडा खिलाते हों और खुद अच्छा घी हड़प जाते हों। आज के जमाने में किसी का एतवार नहीं किया जा सकता। मैं ताले तो नहीं लगा सकती। मुझसे ताले नहीं लगते। मैं कहती हूँ, खाते हैं तो खाएँ। कितना खा लेंगे! मुझसे अपनी जान नहीं संभाली जाती, अब ताले कौन लगाए? यह मथरा सात रोटियाँ गिनकर शाम को खाता है। बीच में इसे दो बार चाय भी चाहिए, और घर में जो मिठाई हो, वह भी इसे दो। पर मैं कहती हूँ, 'टिका हुआ तो है, आजकल किसी नौकर का भरोसा थोड़े ही है। किसी वक्त भी उठकर कह देते हैं—मैं जा रहा हूँ।'

ये भी मुझे यही कहते हैं, 'कुत्ते के मुँह में हड्डी दिए रहो तो नहीं भूँकेगा। सत्तर रुपए पर इसे रखा था, अब सौ लेता है। फिर भी इसके तेवर चढ़े रहते हैं।' पर जग्गा बड़ा नेक आदमी था। नमकहलाल। वह नौकर थोड़े ही था, वह तो घर का आदमी था। वह इन्हें बहुत मानता था। एक बार ये कुछ कह दें तो मजाल है, वह पूरा न करे। बड़ा वफादार था। ये भी तो नौकर को नौकर नहीं समझते। घर का आदमी समझते हैं। जब कभी सौ-पचास की उसे जरूरत होती झट से निकालकर दे देते। कहीं कोई लिखत नहीं, कोई हिसाब नहीं।

जग्गा बीवी ब्याह कर लाया, तो दो जोड़े और एक गर्म कोट सिलवाकर

दिया। मैं इनसे कहूँ, ‘जी, क्यों पैसे लुटाते हो। नौकर किसी के अपने नहीं होते। इसी को पाँच रुपए कहीं से ज्यादा मिल गए, तो यह पीठ फेर लेगा।’ ये कहते, ‘तू अपना काम देख, पानी निकालने से कुएँ खाली नहीं होते। यह हमें साग-मीट खिलाता रहे, मुझसे जो माँगेगा, दूँगा। इस जैसा बावर्ची तो शहर भर में नहीं होगा।’

मुझे वह दिन याद है, जब जग्गे को लेकर आए थे। बाहर से ही आवाज लगाई, ‘ले सुमित्रा, तेरे लिए नौकर ले आया हूँ।’ तब भी ये मुझसे कहें, ‘इसे चाय के साथ खाने के लिए जरूर कुछ दे दिया कर। एक मठरी ज्यादा दे देने से तेरा नुकसान नहीं होगा। इसे घर से मोह पड़ गया, तो वर्षों तो तेरे साथ बना रहेगा। तेरा सारा काम कर दिया करेगा।’

और जग्गा भी ऐसा, जैसे जंगल से हिरन पकड़ लाए हों। बड़ी-बड़ी उसकी आँखें, हिरन की तरह हैरान-सा देखता रहता। वही बात हुई जग्गे को मोह हो गया। पर यह छोटी उम्र में होता है। बड़े-बड़े मुस्टंडे नौकर, जो सड़कों पर घूमते हैं, इन्हें क्या मोह होगा। बच्चे कोमल होते हैं, जैसा सिखाओ, सीख जाते हैं। जानवर सीख जाते हैं, तो ये क्यों न सीखेंगे? इन्हें बस में करने के बड़े ढंग आते हैं।

तुम्हें जैकी याद है ना? हाय, तुम्हें जैकी भूल गया? जैकी कुत्ता, जिसे ये एक दोस्त के घर से उठा लाए थे। सभी को भूँकता फिरता था। पर इन्होंने उसे ऐसा हाथ में किया, इन्हीं के कदमों में चक्कर काटता फिरता था उसे भी ऐसा ही मोह पड़ गया था इनके साथ। मैं तुम्हें क्या बताऊँ। दफ्तर से इनके लौटने का वक्त होता, तो जैकी के कान खड़े हो जाते। बाहर सारा वक्त दसियों मोटरें दौड़ती रहती हैं, पर जिस वक्त इनकी मोटर आती, तो उसे झट से पता चल जाता और भागकर बाहर पहुँच जाता। सीधा गेट पर जा पहुँचता। वहीं पर एक दिन अपनी ही गाड़ी के नीचे कुचल गया। यह मोह बहुत बुरी चीज है।

ये काँटे कहाँ से बनवाए हैं? बड़े खूबसूरत हैं। हीरे कितने के आए? सच्चे हैं ना? आजकल हर चीज को आग लगी हुई है। मैंने यह नाक की लौंग बनवाई, इतना छोटा-सा हीरा इसमें लगा है, पर पूरे सात सौ खुल गए। अब तो मुझे पहनते भी डर लगता है। जब जग्गा था, तो मेरी जेवरों की पिटारी भी बाहर पड़ी रहती थी। कभी दो पैसे भी इधर-उधर नहीं हुए। ऐसी भुलक्कड़ हूँ, कभी चेन गुसलखाने में रह जाती, कभी तिपाई पर रह जाती, जग्गा उठाकर दे देता। पर अब तो ऐसे नौकर आए हैं, हरे राम, मैंने सारे जेवर उठाकर बैंक में रख दिए हैं।

मथरा से पहले एक नौकर था, मंसा नाम का। ऊपर से बड़ा शरीफ। लगता, उसके मुँह में जबान ही नहीं है। पर एक दिन मैं पिछवाड़े की तरफ से घर आ रही थी, तो क्या देखती हूँ, मंसा छत पर खड़ा है और गली में खड़े आदमी को ऊपर से एक-एक करके कपड़े फेंक रहा है। मुझे देखते ही दोनों चम्पत हो गए। मंसा गली में कूद गया और वहीं से भाग गया। आजकल नौकर रखने का जमाना नहीं है। मैं तो घर के बाहर भी जाऊँ, तो डर लगा रहता है कि पीछे नौकर कहीं घर की सफाई ही न कर जाएँ। जग्गा था, तो मुझे कोई भी चिन्ता नहीं होती थी। वह हाथ का बड़ा साफ था।

तू कुछ खा भी ना। तू तो कुछ भी नहीं खाती। गर्म चाय मँगवाऊँ? इसे छोड़ दे, यह ठण्डी पड़ गई होगी, यह केक का टुकड़ा ले। बाजारी है पर बहुत अच्छा है। केक तो बनाती है, कमला की सास, एक-से-एक बढ़िया। कभी उसमें चाकलेट डालती है, कभी कुछ, कभी कुछ। 'वेंगर' से लेने जाओ, तो जो केक मुए अठारह रुपए में बेचते हैं, कमला की सास पाँच रुपए में बना लेती है। बीच में अण्डे भी, दूध-चीनी भी, किशमिश और बादाम भी, जाने क्या-क्या। मुझसे अपनी जान नहीं संभाली जाती, मैं क्या करूँगी। केक जग्गा भी बहुत अच्छे बनाता था। पर उसकी किस्मत खोटी थी, नहीं तो आज तुम्हें उसी के हाथ का बना केक खिलाती। हर तीसरे-चौथे दिन केक बनाता था, पर खुद कभी नहीं खाता था। मैं उससे कहूँ, 'तू भी एक टुकड़ा खा ले, पर नहीं।' वह कहता, 'बीवीजी, यहाँ केक खाऊँगा, तो बाहर मुझे केक कौन देगा?'

किसे मालूम था कि यों चला जाएगा। मैं तो अब भी कहती हूँ, बक देता, तो बच जाता। पर अपनी-अपनी किस्मत है, कोई क्या करे! इनके सामने उसने मुँह ही नहीं खोला। इन्हें बहुत मानता था। बोला इसलिए नहीं कि इनके दिल को ठेस पहुँचेगी। और क्या बात हो सकती थी? अब अन्दर की बात इन्हें क्या मालूम? वह बताए, तो पता चले। वह तो मैं जानती थी। उसके मन में क्या था, उसने हवा तक नहीं लगने दी।

धीरे बोल... दोपहर के वक्त किसी को क्या मालूम, सोया आदमी तो मोये बराबर होता है, हमारे घर में तो उस वक्त चिड़ी नहीं फड़कती। किसी को क्या खबर, घर के पिछवाड़े में क्या हो रहा है? मुझसे अपनी जान नहीं संभाली जाती। भगवान झूठ न बुलवाए, एक दिन दोपहर को मैं उठी, गुसलखाने की तरफ जा रही थी, जब मुझे खटका-सा हुआ। मुझे लगा, जैसे कोई जग्गे की कोठरी की तरफ जा रहा है। मुझे क्या खबर, कौन है, कौन नहीं है। फिर भी मेरे अन्दर

से फुरनी फुरी—इस वक्त यहाँ कौन हो सकता है? जग्गे को तो इस वक्त ये अपने दफ्तर में बुला लेते हैं। जग्गा तो इस वक्त दफ्तर में काम करता है, इनके लिए चाय-पानी बनाता है, चपरासगीरी करता है। ये कहते थे कि घर के लिए कोई दूसरा नौकर मिल जाए, तो जग्गे को मैं दफ्तर में रख लूँगा। फिर इस वक्त यहाँ कौन हो सकता है?

मैंने खिड़की में से झाँककर देखा। हाय, यह तो बिक्की है, मेरा देवर। काला सूट पहने, दवे पाँव चला जा रहा था। और सीधा जग्गे की कोठरी के अन्दर चला गया। मेरा दिल धक् से रह गया। हाय मना, यह जग्गे की कोठरी में क्या करने गया है? फिर मैंने सोचा, किसी काम से आया होगा। पर जग्गे की कोठरी में उसका क्या काम? और यह इतना दबे पाँव क्यों जा रहा है? मन में आया, इसी से जाकर पूछूँ। पर मुझसे मेरी जान नहीं संभाली जाती। मैं लौटकर फिर पलंग पर पड़ रही, पर ध्यान मेरा बार-बार उसी ओर जाए। भलामानस घरों में ऐसे काम नहीं करते। जो ऐसे काम करते हैं, तो शादी क्यों नहीं कर लेता? किसी का घर क्यों खराब करता है?

तुमने जग्गे की घरवाली देखी थी ना? बड़ी भोली-सी लड़की थी, गोरी इतनी, हाथ लगाए मैली होती थी। यह कलमुँहा किसी बहाने दफ्तर से भाग आता था और उसकी कोठरी में जा घुसता था। उस दिन मेरी नजर पड़ गई। असील-सी गाँव की लड़की, सहमी-सहमी-सी, इस चंट के आगे क्या बोलती?

धीरे बोल...इनके घर में बदचलनी बहुत है। ये ही एक शरीफ हैं। इनके चाचा ने भी दो-दो रखैल रखी हुई थीं। इनकी चाची, बुढ़िया, दोपहर को अपने एक नौकर से पाँव दबवाती थी। मैंने खुद देखा है। खाना खाने के बाद अपने कमरे में घुस जाती और पीछे-पीछे मुस्टंडा शंकर पहुँच जाता।

अब ऐसी बातें छिपी तो नहीं रह सकतीं ना। एक दिन जग्गे ने ही देख लिया। इन्होंने थर्मस मँगवाने के लिए जग्गे को घर पर भेजा। मैंने उसे थर्मस दी और वह अपनी कोठरी की तरफ चला गया। अचानक मैंने खिड़की के बाहर झाँककर देखा। बिक्की, वही काला सूट पहने, जग्गे की कोठरी में से बाहर निकल रहा था। 'बिक्की बाबू...!' जग्गे ने कहा। फिर उसका मुँह जैसे बन्द हो गया। फटी-फटी आँखों से देखता रह गया। उधर बिक्की, बिना उसकी ओर देखे, चुपचाप वहाँ से निकल गया। मेरा दिल धक-धक करने लगा। मैंने कहा, "अब इसकी घरवाली की खैर नहीं। यह उसे धुन देगा। क्या मालूम, जान से ही मार डाले। इन लोगों का कुछ पता थोड़े ही लगता है। पर कोठरी के अन्दर से न हूँ, न हाँ।"

मैं नहीं जानती, जग्गा कितनी देर तक अन्दर रहा। उसने अपनी बीवी से कुछ कहा, या नहीं कहा। मैं तो जाकर लेट गई, पर मैंने मन-ही-मन कहा कि आज रात मैं इनसे बात करूँगी। या तो जग्गे को चलता करें, या उससे कहें कि अपनी घरवाली को गाँव छोड़ आए। यहाँ इसका रहना ठीक नहीं।

लेटे-लेटे भी मेरे कान कोठरी की ओर लगे रहे। अभी वहाँ से चीखने-चिल्लाने, पीटने-रोने की आवाज आएगी। पर वहाँ बिल्कुल चुप! मैंने मन-ही-मन कहा, ऐसा शरीफ आदमी भी किस काम का, जो अपनी घरवाली को काबू में नहीं रख सकता। दो लप्पड़ उसके मुँह पर लगाता, वह अपने आप सीधे रास्ते पर आ जाती। दस तरीके हैं, औरत को सीधे रास्ते पर लाने के। पर यहाँ न हूँ, न हाँ।

पलंग पर लेटे-लेटे ही मुझे ऐसी घबराहट हुई, कि मुझे बाथरूम जाने की हाजत हो आई। मुझे मुई कब्जी भी तो रहती है ना। रोज रात को ईसबगोल की भूसी दूध में डालकर लेती हूँ, तब जाकर सुबह पेट साफ होता है। कभी-कभी तो जान इतनी घबराती है कि क्या बताऊँ। एक बार पूरे पाँच दिन तक कब्ज रही। ये मजाक करते थे। कहते थे कि अब बाथरूम जाओगी, तो बाथरूम साफ रखना मुश्किल हो जाएगा। हाय, अब तो हँसा भी नहीं जाता। हँसती हूँ, तो साँस फूलने लगती है। मुझे बवासीर की शिकायत भी तो रहती है ना। यहाँ एक मुसीबत थोड़े है। एक नहीं, बीस दवाइयाँ खा चुकी हूँ।

डॉक्टर कहता है, 'चला-फिरा करो।' अब इस शरीर के साथ कौन चल-फिर सकता है? थोड़ा-सा भी चलूँ, तो साँस फूलने लगती है। डॉक्टर कहता है, 'मिठाई मत खाया करो,' पर मुझसे हाथ रोका ही नहीं जाता। घर में दो-तीन डिब्बे मिठाई के हर वक्त मौजूद रहते हैं, पर बर्फी का टुकड़ा मुँह में डालने की देर है कि पेट में गुड़-गुड़ होने लगती है। डॉक्टर मुआ बार-बार कहता है, 'मिठाई खाना छोड़ दो।' पर एक टुकड़ा भी मुँह में न डालूँ, तो फिर जंगलों में जा बैठूँ, दुनिया से फिर क्या लेना है? मैं डॉक्टर से कहती हूँ, डॉक्टर जी मुझे बैठे-बैठे ही ठीक कर दो। न मेरी मिठाई बन्द करो, न मुझे घूमने को कहो। अगर मुझे सैर करके ही दुरुस्त होना है, तो मुझे तुम्हारी क्या जरूरत है? जब आते हो, पचास-पच्चीस रुपए ले जाते हो। हम तुम्हें पैसे भी दें, फिर भी तुम ठीक नहीं कर सको, तो फिर फीस किस बात की लेते हो? हम पांडी-मजूर थोड़े हैं कि घूमते फिरें।

मैंने डांटकर कहा, तो डॉक्टर अपने-आप सीधा हो गया। कहने लगा, 'कोई बात नहीं, खाना खाने के बाद दो बड़े चम्मच इस दवाई के पी लिया करो।' मैंने कहा, अब आया ना सीधे रास्ते पर! अब दो चम्मच रोज पी लेती हूँ। डकार

आनी तो बन्द हो गई है, पर कोई बात इधर-उधर की हो जाए और मन घबराने लगे, तो बाथरूम की हाजत होने लगती है।

उस दिन क्लब में गई, तो हरचरन की बीवी औरतों पर बड़ा रोआब गाँठ रही थी। कह रही थी, 'मैं सात गोलियाँ रोज खाती हूँ।' मैंने सुना पर चुप रही, मैंने कहा यह भी कोई ऐंठने की बात है? भगवान अहंकार न बुलवाए, पन्द्रह-पन्द्रह गोलियाँ भी रोज खाई हैं, पर बाहर जाकर ढिंढोरा नहीं पीटा कि दवाई की पन्द्रह गोलियाँ रोज खाते हैं। डॉक्टर घर का पक्का रखा हुआ है, तीन सौ रुपया बँधा-बँधाया उसे हर महीने देते हैं, घर में कोई बीमार हो या नहीं हो, अभी भी खानेवाले मेज पर जाकर देखो, कुछ नहीं तो दस दवाइयों की शीशियाँ वहाँ पर रखी होंगी, कुछ ताकत की गोलियाँ, कुछ हाजमे की, और तरह-तरह की। जग्गे को सब मालूम था कि कौन-सी गोली मुझे किस वक्त चाहिए। अपने आप लाकर दे दिया करता था। वह गया, तो दवाइयों का सारा सिलसिला ही खराब हो गया।...तुम कुछ लो ना, तुम तो कुछ भी नहीं खा रही हो।

उस दिन जो शाम को ये घर आए, तो आते ही कहने लगे, "कहाँ है जग्गा? उससे कहो, पाँच आदमी रात को खाना खाने आएँगे, बढ़िया तरकारियाँ बनाए और साग-मीट बनाए।" जग्गा आया, तो गुमसुम इनके सामने आकर खड़ा हो गया। चेहरा ऐसा पीला, जैसे मुर्दे का होता है। इन्होंने बड़े लाड़ से पूछा, "क्यों जग्गे क्या बात है, इतना चुप क्यों है? क्या गाँव से कोई बुरी खबर आई है?" पर जग्गा चुप, न हूँ, न हाँ। इन्हें कहता भी तो क्या? इनसे कैसे कहता कि आपका भाई मेरी घरवाली से मुँह काला कर रहा है। कोई गैरत भी तो होती है। इनके आगे तो वह आँख उठाकर भी नहीं देखता था। पर इनकी तबीयत को तो तुम जानती हो, बिगड़ जाएँ, तो सख्त बिगड़ते हैं, आगा-पीछा नहीं देखते। और-तो-और मुझे भी नौकरों के सामने बेइज्जत कर देते हैं।

जब जग्गा कुछ नहीं बोला, तो इन्हें गुस्सा आ गया। जग्गा पत्थर की मूरत बना खड़ा था। जाने उसके मन में क्या था। बोल देता, तो अपने दिल का गुबार तो निकाल देता। मगर वह चुप!

ये उसे डाँटने लगे, तो मैंने रोक दिया, मैंने कहा, जी मेहमान आने-वाले हैं, अभी सारा काम पड़ा है, जा जग्गा, तू रसोईघर में चल। वह उसी तरह गुमसुम रसोईघर में चला गया। थोड़ी देर बाद मैं रसोईघर में गई कि खाने-वाने को देखूँ, तो यह वैसे-का-वैसा गुमसुम खड़ा था। रसोईघर के बीचोंबीच, पत्थर की मूरत बना हुआ। मैंने कहा, इसकी बुद्धि पथरा गई है, यह कोई काम नहीं कर पाएगा।

मैं उन्हीं कदमों लौट आई। मैंने इनसे कहा जी, इसे तो कुछ हो गया है। वह बोलता नहीं, मुझे तो डर लगता है। तुम बाहर से खाना मंगवा लो, और इसे आज के दिन छुट्टी दे दो।

मैंने इनसे कहा, तो ये खुद उठकर रसोईघर की तरफ चले गए। और बजाय उसे छुट्टी देने के, उसे फटकारने लगे। मैं थर-थर काँपने लगी। क्या मालूम, जग्गे ने कोई छुरा नेफे में छिपा रखा हो। इन लोगों का क्या भरोसा? "बदजात बोलता क्यों नहीं?" ये ऐसे चिल्लाए, जैसा मैंने इन्हें कभी चिल्लाते नहीं सुना। मेरा तो ऊपर की साँस ऊपर और नीचे की नीचे। मैं करूँ तो क्या करूँ? मैं भागकर इनके पास गई। मैंने सोचा, इन्हें खींचकर बाहर ले आऊँगी पर इन्होंने मेरा हाथ झटक दिया। "कमीने, मैं बार-बार पूछ रहा हूँ, बता क्या बात है, और तू बोलता तक नहीं। तेरी जबान घिसती है, मुझे जवाब देने में? निकल जा यहाँ से, अभी चला जा, मेरी आँखों से दूर हो जा।" और जग्गे को कान से पकड़कर रसोईघर के बाहर ले आए। मैं इन्हें समझाने लगी कुछ न कहो जी, घण्टे दो घण्टे में मेहमान आनेवाले हैं, और अभी तक कुछ भी नहीं बना। यह चला जाएगा, तो खाना कौन बनाएगा। जा जग्गा, जा, तू रसोईघर में जा। और मैं इन्हें जैसे-तैसे खींच लाई।

रात को जब मेहमान चले गए...हाँ जी, बनाया जग्गे ने, सारा खाना बनाया। बड़ा अच्छा खाना बनाया, पर रहा गुमसुम, मुँह से एक लफ्ज नहीं बोला, खाना खाते-खाते इनका दिल भी पसीज गया! मेहमानों के सामने ही उससे कहने लगे, "जग्गे! जा तेरी दस रुपए तरक्की! राय साहब कहते हैं, साग-मीट बहुत अच्छा बना है, शाबाश! जा तेरा कसूर माफ किया।" ये देने पर आएँ, तो मुँहमाँगी मुराद पूरी करते हैं। इनका दिल तो समन्दर है।

रात को मुझसे नहीं रहा गया। मैंने कहा, जी, बिक्की बड़ा हो गया है, अब इसकी शादी की फिक्र करो। तो कहने लगे, "तुम्हें इसकी शादी की क्या पड़ी है, अभी इसकी उम्र ही क्या, अभी तो इसके मुँह पर से दूध भी नहीं सूखा।" मैंने कहा, जी, शादी नहीं करोगे तो खूँटा तुड़ाए साँड़ की तरह जगह-जगह मुँह मारेगा। मैंने गोल-मोल शब्दों में कहा। पर बिक्की से उन्हें बहुत प्यार है, इसे अपने बच्चों की तरह इन्होंने पाला है। उसकी बुराई ये नहीं सुन सकते। मैंने फिर से उसकी शादी की बात चलाई, तो कहने लगे, "मार ले जितना मुँह मारना है, अभी उसकी उम्र ही क्या है, दो दिन हँस-खेल ले, ब्याह के बन्धन में तो एक दिन बँध ही जाएगा।"

मैंने कहा, जी, जवान लड़का है, गलत रास्ते पर भी पड़ सकता है। इसका तो जितनी जल्दी हो, ब्याह कर दो। इस पर कहने लगे, "अभी तो इसने पढ़ाई भी पूरी नहीं की। कुछ नहीं तो तीस-चालीस हजार इसकी पढ़ाई पर खर्च कर चुका हूँ। इसकी शादी करूँ, तो कम-से-कम यह रकम तो वसूल हो। और अभी इसने बी.ए. पास भी नहीं किया।"

मर्द लोग बड़े समझदार होते हैं, इन्हें तो दस बातों का ध्यान रहता है। अब मैं और आगे क्या कहती, मैंने इतना-भर कहा, आप इसके कान खींचते रहा कीजिए, जवानी बड़ी मस्तानी होती है। इस पर ये बिगड़ उठे, "तुम्हें कुछ मालूम है क्या? बोलती क्यों नहीं हो?" ये इतनी रुखाई से बोले कि मैं चुप हो गई। मैंने सोचा, फिर कभी मौका मिलेगा, तो बात करूँगी, इन्हें आराम से समझाऊँगी, पर मुझे क्या मालूम था कि दूसरे ही दिन गुल खिलनेवाला है।

दूसरे दिन सुबह, यही आठ-साढ़े आठ का वक्त होगा, मैं पिछले बरामदे में बैठी बाल सुखा रही थी। वहाँ धूप अच्छी पड़ती है। मैंने सोचा बाल सूख जाएँ, तो उन्हें काला करूँ। जग्गे की घरवाली बड़े सँवारकर मेरे बाल बनाती थी। मैंने सोचा, बाल सूख जाएँ, तो उसे बुला लूँगी। यही आठ-साढ़े आठ का वक्त होगा। उसी वक्त फ्रण्टियर मेल आती है। घर के पिछवाड़े थोड़ी दूर पर ही तो रेलवे लाइन है। अगर गाड़ियों को सिगनल नहीं मिले, तो यहीं पर रुक जाती हैं, फिर धीरे-धीरे आगे बढ़ती हैं। पर फ्रण्टियर मेल यहाँ नहीं रुकती। वही एक गाड़ी है, जो यहाँ खड़ी नहीं होती।

जग्गे ने पहले से ही सब कुछ सोच रखा होगा। उधर से गाड़ी आई, तो जग्गा अपनी कोठरी में से निकला। मैंने कहा, जग्गे सुरस्तां को मेरे पास भेज दे। पर मुझे लगा, जैसे उसने सुना ही नहीं। वह भागकर पिछवाड़े की दीवार फाँद गया और रेलवे लाइन की ढलान चढ़ने लगा। यह सब पलक मारते हो गया। उसने मुड़कर पीछे देखा ही नहीं, मेरी भी अक्कल मारी गई, मुझे सूझा ही नहीं कि वह क्यों भागा जा रहा है। मैंने सोचा, किसी काम से जा रहा होगा। गाड़ी का तो मुझे खयाल ही नहीं आया, वरना मैं उसे रोक नहीं देती? ढलान चढ़ने के बाद मैंने नहीं देखा वह कहाँ गया है, किस तरफ गया है!

झूठ क्यों बोलूँ, शाम का वक्त है। बस, फिर मुझे नजर नहीं आया। मुझे तो खटका तब भी नहीं हुआ, जब गाड़ी धम-धम करती आई और कुछ ही देर बाद पहिए घसीटती रुक गई। पहिए घिसटने की आवाज आती है ना, जैसे किसी ने चेन खींची हो। पर मैंने खयाल नहीं किया, यहाँ रोज गाड़ियाँ रुकती हैं। मैंने

सोचा किसी ने चेन खींची होगी। थोड़ी देर में माली भागा-भागा आया। कहने लगा, कोई हादसा हो गया है, और वह भी पिछवाड़े की दीवार फाँदकर ढलान चढ़ने लगा। मुझे फिर भी शक नहीं हुआ। थोड़ी देर बाद पड़ोसवाले नौकर ने चिल्लाकर कहा, "जग्गा मारा गया है। जग्गा गाड़ी के नीचे कुचल गया है।"

मेरा दिल बुरी तरह से धक-धक करने लगा। उसके साथ उंस थी ना। वह तो जैसे घर का आदमी था, कोई पराया थोड़े ही था। ये तो उसके साथ बेटे जैसा सुलूक करते थे। वह भी इन्हें बाप की तरह मानता था। यही चीज उसे अन्दर-ही-अन्दर खा गई। मैं तो अब भी कहती हूँ, अगर जग्गा बोल पड़ता, तो बच जाता। ये जरूर कोई-न-कोई रास्ता ढूँढ़ निकालते। ये सब तरकीबें जानते हैं। बड़े समझदार हैं। पर वह बोला ही नहीं।

वह दिन तो ऐसा बुरा बीता, ऐसा बुरा कि तुम्हें क्या बताऊँ! बार-बार टेलिफोन आएँ, तीन बार तो पुलिस का इन्सपेक्टर आया। बार-बार इन्हें बुलाता, बार-बार कोठरी में झाँककर देखता। अन्दर बैठी थी, वह कुलच्छणी! मौका देखने के बहाने इन्स्पेक्टर बार-बार अन्दर जाए। मर्द तो भेड़िए की तरह औरत को घूरते हैं ना। और वह अन्दर बेहोश पड़ी थी। उसे बार-बार गश आ रहे थे। अब मैं किस काम की! मुझसे अपनी जान नहीं संभाली जाती। दो-एक बार मन में आया भी कि जाऊँ, सुरस्ताँ को देख आऊँ। पर इन्होंने मना कर दिया। ये कहने लगे, फौजदारी का मामला है, इससे दूर ही रहो। जब तक पुलिस अपनी कार्रवाई न कर ले, कोठरी में कदम नहीं रखना। मर्द समझदार होते हैं ना, उन्होंने दुनिया देखी होती है। पुलिस ने इनसे पूछा, तो इन्होंने कहा, "वह पिछले दिन से ही पगलाया-पगलाया-सा लग रहा था। मियाँ-बीवी की आपस में कोई बात हुई हो, तो हम नहीं जानते। नौकरों की अन्दर की बातों से मालिकों का क्या काम?" एक बार अन्दर आए, तो मैंने इनसे कहा, "जी, तुम बिक्की को कहीं बाहर भेज दो। मैं कहूँ, इन्हें मालूम नहीं, पर आस-पास के किसी आदमी को मालूम हुआ, तो बखेड़ा उठ खड़ा होगा।" पर इन्होंने समझदारी की। बिक्की को बाहर नहीं भेजा। मर्द लोग समझदार होते हैं, बिक्की लापता हो जाता, तो पुलिस को शक पड़ सकता था, ना!

एक मठरी और लो! लो ना! तुमने तो कुछ खाया ही नहीं। खाओगी तो सेहत बनी रहेगी, बस मुटियाना नहीं। मेरी तरह मोटी नहीं होना, मोटी देह किस काम की। तुम आ गईं, तो घण्टा, आध घण्टा मन बहल गया। कभी-कभी आ जाया करो ना। तुम दूर तो नहीं रहती हो। कहो तो मोटर भेज दिया करूँ? अकेले

में तो घर भाँय-भाँय करता है। ये तो दफ्तर से आते हैं, तो सीधे ब्रिज खेलने चले जाते हैं। जब तक तीन-चार घण्टे ब्रिज न खेल लें, इन्हें चैन नहीं मिलता। यह ताश तो मेरी सौत बन गई है, इस घर में जब से ब्याही आई हूँ, यह मेरा पीछा नहीं छोड़ती। रोज शाम को इन्हें उड़ा ले जाती है। हाय, अब तो हँस भी नहीं सकती हूँ। हँसती हूँ, तो साँस फूलने लगता है। छाती में शाँ-शाँ होती है। मैं इनसे कहूँ, तुम ताश बहुत न खेला करो जी। अपनी सेहत का भी कुछ-खयाल किया करो। जानती हो, क्या कहते हैं? कहने लगे, ''इसी ताश के तुफैल ही से तो मेरे दस काम सँवरते हैं। पुलिस का बड़ा अफसर ताश का साथी था, तभी जग्गेवाला मामला रफा-दफा हो गया, वरना घर में से कोई खुदकुशी करे, तो पुलिसवाले क्या घरवालों को परेशान नहीं करेंगे?'' मैंने कहा, ''ठीक है, मर्द लोग जानें, हम क्या जानें।'' बस, वही दिन हमारा बुरा गुजरा। इनको दिन के वक्त सोने की आदत है, थोड़ा सो न लें, तो बदन भारी-भारी महसूस करने लगता है, पर कोई सोने दे तो! उस दिन वह भी नहीं हुआ। सोने के लिए लेटें, तो कभी टेलिफोन की घण्टी बजने लगे, तो कभी कोई सरकारी आदमी आ जाए। पर दूसरे दिन में चैन हो गया। फिर कोई नहीं आया।

जब मामला रफा-दफा हो गया, तो एक दिन मैंने बिक्की की सारी करतूत इन्हें बता दी। ये कहने लगे, ''मुझे तो पहले दिन से मालूम था।'' मैं हक्की-बक्की इनके मुँह की ओर देखने लगी। जवानी में सभी बेवकूफियाँ करते हैं, इसने कर ली, तो क्या हुआ। मैंने कहा, ''जी, बिक्की को समझा तो दिया होता।'' कहने लगे, ''कोई बेसवा के पास तो नहीं गया, कोई बीमारी तो नहीं ले आया, हो गयी बात जो होनी थी, आगे के लिए इसे खुद कान हो जाएँगे।'' मैंने कहा, ''जी, पर बात तो अच्छी नहीं ना, ऐसा बिक्की को करना तो नहीं चाहिए था ना। बिक्की ने ऐसा नहीं किया होता तो जग्गा जान पर तो नहीं खेल जाता ना।'' तो कहने लगे, ''तुम क्या चाहती हो, भाई को पुलिस में दे देता?'' ''पर जी, उसने जुर्म तो बहुत बड़ा किया है, ना।'' ये और भी बिगड़ उठे। ''उसका जुर्म देखता या उसकी जान बचाता? तुम क्या चाहती हो, उसे काल कोठरी में भिजवा देता?''

फिर थोड़ी देर बाद धीमे से बोले, ''मुझे समझाने लगे, अव्वल तो कौन जाने बिक्की अपने आप अन्दर गया था, या जग्गे की घरवाली उसे इशारे करती रही थी। ताली एक हाथ से तो नहीं बजती। औरत बढ़ावा देती है, तभी मर्द बहकता है। लड़की इशारा भी कर दे, तो आदमी बौरा जाता है, कोठरी के बाहर

पर्दा लगा रहता है। क्या मालूम पर्दे की ओट में उसे इशारे करती रही हो। औरत खुद न चाहती, तो क्या मज़ाल थी कि बिक्की उसके कमरे में जाता। ऐसे ही कोई किसी के कमरे में घुस जाता है? इतनी ही शरीफजादी थी, तो अन्दर से कमरा बन्द करके क्यों नहीं बैठती थी? अन्दर से सांकल लगाकर बैठती। तेरा मर्द बाहर काम पर गया है, तू कोठरी में अकेली है, तू अन्दर से कोठरी बन्द करके बैठ। दरवाजा खोलकर बैठने का तेरा क्या मतलब है? दिन के वक्त तेरे पास आ सकती थी। उसे किसी ने मना किया था?''

मैं सुनती रही, मैं भी सोचूँ, किसी के दिल की कौन जानता है, लड़की के दिल में चोर था, या बिक्की के दिल में, भगवान जाने।

आखिर में जी, इन्होंने सारा मामला संभाल लिया, इनसे सब सन्तुष्ट हो गए। इन्हें भगवान ने ऐसी समझदारी दी है, इनकी कोई कसम तक नहीं खाता। सभी इनके सामने हाथ जोड़ते हैं। ये जल्दी घबरा नहीं जाते ना, यही इनकी सबसे बड़ी खूबी है। कोई दूसरा होता, तो घबरा जाता। जग्गे का भाई गाँव से आया, बहुत रोया-धोया, उसे इन्होंने दो सौ रुपए निकालकर दे दिए। जग्गे की घरवाली का बाप आया। उसे भी इन्होंने पैसे दिए। मैंने इनसे कहा, ''जी, मामला रफा-दफा हो गया है, अब ये हमारे क्या लगते हैं, तुम पैसे लुटा रहे हो।'' पर नहीं, ये कहने लगे, ''जग्गे ने दस साल तक हमारी सेवा की है। इसे हम कैसे भूल सकते हैं।'' कहने लगे, ''सौ-पचास दे दो, तो गरीब का मुँह बन्द हो जाता है।'' ये सबका भला सोचते हैं, किसी का बुरा नहीं सोचते। हर किसी की मदद ही करेंगे।

यह ज़रा घण्टी तो बजाना। मुए जानते भी हैं, रात पड़ गई है, मगर मजाल है, जो अपने-आप आकर बत्ती जलाएँ। बार-बार घण्टी बजानी पड़ती है। कानों में तेल डाले पड़े रहते हैं। अब आई हो, तो खाना खाकर जाना। ये जाने कब लौटेंगे। कभी दस बजे आते हैं, कभी खाना खाकर आते हैं। मैं दिन-भर अकेली बैठी कौवे उड़ाती रहती हूँ। अब खाना खाए बिना तो मैं तुम्हें जाने ही नहीं दूँगी। तुम आ गईं, तो घड़ी-भर दिल बहल गया। हमने अपनी बातें तो अभी तक की ही नहीं। दोनों बैठी बातें करेंगी। तुमने साग-मीट का पूछा तो बीच में मुए जग्गे की बात चल पड़ी। मैं तुम्हें खाना खाए बिना तो जाने नहीं दूँगी...

लीला नन्दलाल की

किस्सा यह कि मेरा स्कूटर चोरी हो गया। बिल्कुल नया स्कूटर था। खरीदे दो महीने भी नहीं हुए थे और चार साल तक इन्तजार करते रहने के बाद उसे खरीद पाने का मेरा नम्बर आया था। इधर वह पलक झपकते गायब हो गया। मैं वर्षों तक बड़े चाव से उसकी राह देखता रहा था और तरह-तरह के सपने देखता रहा था कि कब स्कूटर आएगा और मैं दिल्ली की सड़कों पर फर्राटे-से घूमा करूँगा। गले में रेशमी रूमाल लहरा रहा होगा, बाल उड़ रहे होंगे, आँखों पर मोटा चश्मा होगा। दिल्ली में स्कूटर के बिना जिन्दगी का लुत्फ ही क्या है। स्कूटर पर आगे युवक पीछे युवती, युवक की कमर में हाथ डाले हुए, उसकी पीठ पर झुकी हुई, उसकी भी चुन्नी या साड़ी का पल्लू हवा में लहराता हुआ, दिल्ली की खचाखच भरी, नीरस सड़कों पर रोमांस का रंग छिटक जाता है। पर सभी अरमान धरे-के-धरे रह गए। और अब मैं सड़क के किनारे भौंचक-सा खड़ा, कभी दाएँ तो कभी बाएँ, आँखें फाड़-फाड़कर देख रहा था कि स्कूटर गया तो कहाँ गया। मैं पीछे की ओर उस नाट्यगृह के आँगन में भी बार-बार चक्कर काट रहा था, जहाँ पर मैं एक भोंड़ा-सा प्रहसन देखता रहा था, जिस बीच स्कूटर की चोरी हुई थी। मेरी टाँगों में पानी भरता जा रहा था और गला बराबर सूखता जा रहा था। उधर दर्शकों की भीड़ छँटती जा रही थी।

थिएटर-सिनेमा की भीड़ भी अपनी तरह की होती है। घड़ी-भर के लिए लगता है कोई गुलजार खिल उठा है, कोई नगरी बस गई है, और घड़ी-भर बाद वहाँ उल्लू बोलने लगते हैं। मैं लपक-लपककर बिदा होते दर्शकों से पूछने लगा। मगर सब बेसूद। किसे क्या मालूम कि मेरा स्कूटर किसने उठाया है। सभी तो मेरी तरह नाट्य-गृह के अन्दर बैठे थे। एक मनचले ने जिस पर नाटक का प्रभाव अभी तक बना हुआ था, चहककर कहा, "गनीमत समझो कि तुम खुद उस पर सवार नहीं थे। वरना तुम्हें भी चोर उठा ले जाते।..."

दिल्ली के लोगों की बेरुखी मुझे यों भी सालती रहती है। इस भोंडे मजाक पर मैं और भी खिन्न हो उठा।

आखिर मन मारकर बाहर निकल आया और रास्ता पूछता हुआ इलाके के पुलिस स्टेशन की ओर चल दिया। पुलिस में रिपोर्ट तो कर दो, आगे जो होगा देखा जाएगा।

पुलिस में रपट लिखवाने के बाद पाँव घसीटता और बसों में धक्के खाता जब मैं घर पहुँचा और घरवालों को सारा किस्सा सुनाया तो पहले तो उन्हें गहरा सदमा हुआ, फिर वे तरह-तरह की टिप्पणियाँ करने लगे। पिताजी ने कहा, ''मुझसे पूछो तो वहाँ पर स्कूटर ले जाना ही भूल थी। थिएटरों में दुनिया-भर के उचक्के जमा होते हैं।'' पत्नी बोली, ''मैं तो समझती हूँ तुम जरूर ताला लगाना भूल गए होगे, स्कूटर को ताला लगा हो तो कोई कैसे उठा सकता है।'' फिर सभी को सम्बोधन करके बोली, ''मैं समझती हूँ स्कूटर वहीं कहीं रखा होगा, इन्होंने देखा नहीं। इनकी आँखों के सामने चीज पड़ी हो तो भी इन्हें नज़र नहीं आती।'' इस पर चाचाजी बोले, ''स्कूटर हमेशा किसी के सुपुर्द किया जाता है। बाहर जरूर कोई रखवाला खड़ा होगा, तुम दस पैसे बचाने की खातिर उसे न जाने कहाँ रख गए होगे।'' मतलब कि मेरे सम्बन्धियों को ऐसा लग रहा था जैसे स्कूटर की चोरी में ज्यादा हाथ मेरा ही रहा हो। केवल माँ एक ही वाक्य बार-बार दोहरा रही थी, ''अगर भगवान के घर में न्याय है तो मेरे बेटे का स्कूटर उसे जरूर मिल जाएगा। जो चीज भगवान ने उसके लिए भेजी है, वह उसे छोड़ किसी दूसरे के पास नहीं जा सकती।''

जब मैंने बताया कि पुलिस में रिपोर्ट लिखवा आया हूँ तो चाचाजी सिर हिलाने लगे, ''तुम समझते हो पुलिस तुम्हारा स्कूटर बरामद करवा देगी? अगर पुलिस इतनी चुस्त होती तो तुम्हारा स्कूटर उठता ही नहीं। अब स्कूटर को भूल जाओ और बीमा कम्पनी से अपना मुआवजा वसूल करने की कोशिश करो। बीमा तो करवाया था न?''

इस पर पिताजी बिगड़ उठे और चाचाजी और पिताजी के बीच बहस छिड़ गई। पिताजी का मत था कि स्कूटर को बरामद करवाने की पूरी-पूरी कोशिश की जाए, जबकि चाचाजी मानो शताब्दियों के संचित अनुभव के आधार पर कहे जा रहे थे कि इससे कुछ न होगा, जल्दी-से-जल्दी अपने मुआवजे की रकम बीमा कम्पनी से वसूल करो। आखिर यही फैसला हुआ कि दोनों बातों की ओर समान रूप से ध्यान दिया जाए।

चुनाँचे मैं सुबह के वक्त पुलिस स्टेशन और दोपहर के वक्त बीमा कम्पनी के चक्कर काटने लगा। पुलिस वाले बड़ी रुखाई से पेश आते। पहले दो-एक दिन तो मेरे साथ सीधे मुँह बोले, फिर झिड़क-झिड़कर बोलने लगे। "मेरे स्कूटर का कुछ पता चला?" मैं दरख्वास्तियों की तरह दहलीज पर खड़े-खड़े पूछता। जवाब में या तो अन्दर चुप्पी छाई रहती, या रूखी-सी आवाज में कोई इन्स्पेक्टर कहता, "मिलने पर इत्तला कर दी जाएगी। इधर रोज-रोज मत आइए।"

पर एक दिन जब मैं इसी तरह डरता-सा पुलिस स्टेशन के दफ्तर की दहलीज तक पहुँचा तब इन्स्पेक्टर कुर्सी पर से उठकर मेरी ओर बढ़ आया। मेरी टाँगें तो थर्रा गईं, पर उसके चेहरे पर फैली मुस्कान को देखकर मैं द्विविधा में पड़ गया। क्या मालूम स्कूटर मिल ही गया हो जो यह मुस्करा रहा है? उसने मेरे साथ हाथ मिलाया मुझे दफ्तर के अन्दर ले जाकर कुर्सी पर बैठाया, अर्दली को आवाज देकर मेरे लिए ठण्डा पानी का गिलास मँगवाया और उसी तरह मुस्कराते हुए बोला, "आप इत्मीनान रखिए। हमें आपके स्कूटर की बड़ी फिक्र है। उसे बरामद करने की पूरी कोशिश की जा रही है। मिलने पर मैं खुद आकर आपको इत्तला करूँगा।"

मैं हवा में उड़ता-सा घर पहुँचा। स्कूटर मिल जाने की खुशी शायद इतनी नहीं होती जितनी इन्स्पेक्टर के आत्मीयता-भरे आश्वासन से।

"मीठा क्यों नहीं बोलेगा। उसे ऊपर से जूत पड़ा होगा।" पिताजी बोले। बात मेरी समझ में नहीं आई। बाद में पता चला कि जब से स्कूटर खो गया था, पिताजी जगह-जगह चिट्ठियाँ लिख रहे थे और उनमें से एक चिट्ठी निशाने पर चोट कर गई थी। यह चिट्ठी उन्होंने मेरे बहनोई के छोटे भाई द्वारा उसके ससुर को लखनऊ लिखवाई थी, जो लखनऊ में पुलिस का बड़ा अफसर था। ऐसी चिट्ठियाँ वह न जाने और कहाँ-कहाँ लिखवा रहे थे।

पर इस आश्वासन के बावजूद स्कूटर कहीं प्रगट होता नजर नहीं आ रहा था। स्थिति वैसी-की-वैसी थी। केवल मेरे प्रति पुलिसवालों का रुख बदल गया था।

इधर बीमा कम्पनी वाले पैरों पर पानी नहीं पड़ने दे रहे थे। पुलिस स्टेशन में कम-से-कम वे मेरे साथ बोलने तो लगे थे, यहाँ तो मैं हेड-क्लर्क के सामने दिन-भर बैठा रहता, कोई मुझे पूछता ही नहीं था। मैं बात उठाता तो वह तरह-तरह की तहकीकात की बात करता और फिर से अपनी फाइलों में खो जाता। इस तरह पूरा एक महीना गुजर गया।

"इस तरह भी कभी दुनिया के काम हुए हैं?" एक दिन पिताजी ने चाचाजी को डाँटते हुए कहा, "दफ्तरी कार्रवाइयों के सहारे बैठे रहोगे तो तुम्हें मुआवजा मिल चुका।"

फिर मेरी ओर देखकर बोले, "डिब्बे में से घी निकालना हो तो टेढ़ी उँगली से निकालते हैं। सीधी उँगली से घी नहीं निकलता।"

दूसरे दिन, चाचाजी के साथ-साथ चलता हुआ मैं अजमेरी गेट की ओर जा रहा था। वहाँ से एक सज्जन हमारे साथ हो लिए और हम आसफ अली रोड के एक बड़े दफ्तर में जा पहुँचे। वहाँ पर एक सज्जन ने हमें एक खत लिखकर दिया। इस खत को लेकर हम तीनों दरियागंज की ओर रवाना हो गए। तभी मेरे दिल में से आवाज उठने लगी कि कुछ होने जा रहा है, जरूर कुछ होने जा रहा है। मेरे अन्तःकरण से जब कभी ऐसी आवाज आने लगे तो कोई-न-कोई घटना घटती है।

उसके बाद हम एक बड़े दफ्तर में बैठे थे और हमारे सामने बड़ी-सी मेज के पीछे एक मोटा-सा आदमी बैठा था। यही मोटा नन्दलाल था जिस के लिए हम चिट्ठी लाए थे।

मोटे नन्दलाल ने चिट्ठी पढ़ी, और फिर अपनी बड़ी-बड़ी नमदार आँखों से सामने की ओर देखा, "उनकी ऐसी-की-तैसी, मुआवजा कैसे नहीं देंगे।"

उसने ऐसे ढंग से कहा कि मेरा दिल बैठ गया। मोटे नन्दलाल ने हाथ बढ़ाकर टेलीफोन का चोंगा उठाया पर मेरे चाचाजी झट से बोल उठे "टेलीफोन पर कहने के बजाय अगर आप तकलीफ करके हमारे साथ चले चलें तो बेहतर होगा। आप जानते हैं बीमा कम्पनी वाले..."

"उनकी ऐसी की तैसी... " मोटे नन्दलाल ने फिर से कहा, और फिर से मेरा दिल बैठ गया। पर उसने चोंगा रख दिया, और मेरी ओर देखकर बोला, "तुम कल मेरे पास आ जाओ। मैं तुम्हें बीमा कम्पनी के दफ्तर में ले चलूँगा।"

दूसरे दिन मोटा नन्दलाल मेरे आगे-आगे बीमा कम्पनी के दफ्तर की तीन मंजिला इमारत की सीढ़ियाँ चढ़ रहा था और मेरा दिल धक्-धक् कर रहा था कि न जाने अब कौन-सा सीन होगा, कहीं मेरा बनता काम बिगड़ तो नहीं जाए। यह आदमी अक्खड़ किस्म का जान पड़ता है और कम्पनियों के अफसर अपनी जगह बड़े बददिमाग होते हैं।

हम ऊपर पहुँचे। जहाँ मैं हेडक्लर्क की मेज के सामने दिन-भर बैठा गिड़गिड़ाता रहता था, वहाँ मोटा नन्दलाल सीधा डायरेक्टर के कमरे का दरवाजा

खोलकर अन्दर चला गया और सीधा उसकी मेज पर दोनों हथेलियाँ टिकाकर—जैसे भालू हमला करने के पहले अपने पाँव तोलता है—खड़े-खड़े ही बोला, "यह क्या तमाशा है। इनका स्कूटर चोरी हो गया। सारी बात साफ है। आप इन्हें मुआवजा क्यों नहीं देते?"

डायरेक्टर कुर्सी पर से उठ खड़ा हुआ। पर वह अभी अपना मुँह भी नहीं खोल पाया था कि मोटे नन्दलाल ने कहा, "मैं साल में पाँच लाख का बिजनेस आपको देता हूँ और इधर आप मेरे भाई साहब को महीने-भर से परेशान कर रहे हैं?"

फौरन चैक बन गया। अभी मोटा नन्दलाल कुर्सी पर बैठा भी नहीं था, और डायरेक्टर के इसरार का जवाब भी नहीं दे पाया था कि ठण्डा पिएगा या गर्म, चाय-कॉपी लेगा या शर्बत-शिकंजी कि वही हेडक्लर्क जिसकी मेज के सामने दिन भर बैठा रहा था, चैक, फार्म और रजिस्टर लेकर अन्दर दाखिल हुआ और दफ्तर में प्रवेश करने के ऐन दस-मिनट बाद मैं और मोटा नन्दलाल दफ्तर की सीढ़ियाँ उतर रहे थे। चैक मेरी जेब में था और मोटा नन्दलाल कह रहा था, "इनकी ऐसी की तैसी। मुआवजा कैसे नहीं देते...।"

जिसे सुनकर मेरा दिल गुदगुदा उठा। उसकी मोटी गर्दन और मोटे-मोटे कूल्हों और भालू जैसी लम्बी-लम्बी बाँहों को देख-देखकर मैं श्रद्धा से पुलक रहा था।

उस रोज घर में घण्टों मोटे नन्दलाल की चर्चा रही।

"रख-रखाव से ही काम बनते हैं।" पिताजी कह रहे थे। फिर पिताजी, एक-एक करके, उन तीनों आदमियों का गुणगान करने लगे—एक, जो अजमेरी गेट से हमारे साथ हो लिया था; दूसरा जो अजमेरी गेट से आसफ अली रोड तक हमारे साथ गया था; तीसरा, जिसने पत्र दिया था। पर इन सबमें मोटा नन्दलाल तो साक्षात देवता था।

इस पर चाचाजी बोले, "है तो आदमी टेढ़ा, पर न जाने कैसे काम करवा दिया है।"

"सब नन्दलाल की लीला है," माँ बोलीं।

"मोटे नन्दलाल की, माँ?" मैंने कहा।

पर माँ इतनी गद्गद हो रही थीं कि उन्होंने मेरी ओर ध्यान नहीं दिया और अपनी बात कहती गईं, "सब भगवान की लीला है। उन्हें मेरे बेटे को रुपया दिलवाना है, तो नन्दलाल को निमित्त बनाकर भेज दिया।"

बीमा कम्पनी के दफ्तर की सीढ़ियाँ उतरते हुए मोटे नन्दलाल की गर्दन और मोटे-मोटे हाथ देख-देखकर मेरा रोम-रोम पुलक रहा था, केवल भगवान के दर्शन से ही ऐसी पुलकन भक्तों के तन-तन में उठती होगी।

माँ ने ठीक ही कहा था, क्योंकि इसके बाद भी जो कुछ हुआ उसे नन्दलाल की लीला का ही नाम दिया जा सकता है।

कुछ दिन तो बड़े आराम से कट गए। जेब में पैसे आ गए थे। हौसले बढ़ गए थे। पहले स्कूटर को ले पाने के लिए चार बरस तक चुपचाप इन्तजार करना पड़ा था। अब मोटे नन्दलाल की कृपा हुई तो दूसरे दिन नया स्कूटर मिल जाएगा। लेकिन घर के लोग इस हक में नहीं थे कि मैं स्कूटर लूँ।

"जिसका एक स्कूटर चोरी हो सकता है, उसका दूसरा स्कूटर भी चोरी हो सकता है। तुम बस में ही आया-जाया करो। तुम इसी लायक हो।" पिताजी कहते।

मैं खुद भी दूसरा स्कूटर लेने के हक में नहीं था। मेरे दिल का सारा रोमांस एक ही स्कूटर ने खत्म कर दिया था। धक्के तो बस में भी पड़ते हैं, पर जो धक्के स्कूटर खो जाने पर पड़ते हैं, उन्हें देखते हुए बसों में चढ़ना ही बेहतर है। पर पत्नी गुमसुम रहने लगी। शाम को मैं उससे कहीं चलने को कहता तो वह ठण्डी साँस भरकर कहती कि उसका कहीं भी जाने को मन नहीं है। मैं समझ गया कि इसके मुँह को स्कूटर की सवारी का खून लग गया है, इसे अब बसों में चढ़ना हिमाकत जान पड़ने लगा है। पत्नियाँ आमतौर पर रात के अँधेरे में अपने दिल की बात कहती हैं। पर ठण्डी साँस भरकर बोली, "जब से तुम्हारे घर में आई हूँ, मेरी हालत बद से बदतर होती जा रही है।" और फिर सिर-दर्द का बहाना करके मेरी ओर पीठ फेर ली।

स्कूटर को खोए लगभग छह महीने बीत चुके थे, और मैं फिर से दिल्ली की सड़कों पर पाँव घसीटने लगा था।

अचानक पुलिस स्टेशन की ओर से एक विचित्र-सा पत्र प्राप्त हुआ। लिखा था, "आपका स्कूटर नं. डी.एल.—बरामद कर लिया गया है। इस समय श्यामनगर की सड़क नम्बर चार के बाड़ा दयाराम में रखा है। जाकर शिनाख्त कर लीजिए और हमें इत्तला कीजिए कि आप उसे वापस लेना चाहते हैं या नहीं।"

मेरी बाछें खिल गईं। स्कूटर मिल गया, कमाल हो गया। इसके खो जाने पर इतना अफसोस नहीं हुआ था जितना इसके मिल जाने पर खुशी। दिल्ली में स्कूटर के बिना लुत्फ ही क्या है।

घरवालों को खबर हुई तो सबकी प्रतिक्रिया अलग-अलग थी। माँ ने दुपट्टे के नीचे हाथ जोड़ते हुए, ''भगवान के घर में देर है, अँधेर नहीं। मैंने पहले ही कहा था कि मेरे बेटे का स्कूटर मिल जाएगा।'' पत्नी भी चहक उठी। उसने मेरी ओर यों देखा जैसे उसकी नजर में फिर मेरी कीमत कुछ-कुछ बहाल होने लगी है। पर पिताजी में तनिक भी उत्साह नहीं था। कहने लगे, ''अब वह चोरी का माल है, जिस चीज को चोर का हाथ लग जाए उसमें कोई बरकत नहीं रह जाती। फिर छह महीने बाद मिल रहा है। स्कूटर का रह ही क्या गया होगा, उसकी हड्डी-पसली हिल गई होगी।'' इस पर चाचाजी ने सहमति में सिर हिलाया और मेरा दिल धक् से रह गया। पिताजी और चाचाजी सहमत हो रहे थे, यह शगुन अच्छा नहीं था। उनके बीच झगड़ा चलता रहे तो लगता है जीवन स्वाभाविक गति से चल रहा है।

''तुम स्कूटर वापस ले ही कैसे सकते हो? तुम तो बीमा कम्पनी के मुआवजा वसूल कर चुके हो।''

''मुआवजे का क्या है वह तो लौटाया भी जा सकता है।''

''अगर बीमा कम्पनीवाले इनकार कर दें तो?''

''मोटा नन्दलाल जो है, उसके रहते वह इनकार नहीं करेंगे।'' मैंने बड़े साहस से कहा।

आखिर फैसला हुआ कि स्कूटर की शिनाख्त करके पहले अच्छी तरह से दिखवा लेना चाहिए। फैसला बाद में करेंगे कि वापस लेंगे या नहीं।

दूसरे दिन पुलिस की चिट्ठी जेब में रखे मैं श्यामनगर की ओर चला जा रहा था। मन फिर से स्कूटर की सैर के सपने देखने लगा था। पत्नी भी खुश हो जाएगी, स्कूटर के खो जाने से घर में जो मायूसी छा गई थी, वह दूर हो जाएगी।

देर तक मुझे श्यामनगर की सड़कों की खाक छाननी पड़ी। वह बाड़ा मुझे नहीं मिल रहा था जिसका पता पुलिसवालों ने मुझे दिया था। स्कूटर को बाड़े में रखने में क्या तुक थी, पुलिस स्टेशन में उसे क्यों नहीं रखा गया? फिर सोचा कि शायद बाड़ा भी पुलिस का ही होगा जहाँ पुलिस चोरी का बरामदी माल रखती है, एक तरह का गोदाम बना रखा होगा।

आखिर मैंने बाड़े के अन्दर कदम रखा। बड़ा-सा आँगन था और आँगन के पीछे एक छोटा-सा बंगला था। आँगन में सात-आठ मोटरें और चार-पाँच स्कूटर खड़े थे। क्या यह सब बरामद माल है? क्या मैं किसी गलत जगह पर तो नहीं

आ गया? यह तो किसी अमीर आदमी का बंगला जान पड़ता है। मैं कहाँ आ पहुँचा हूँ? मैंने पुलिस की चिट्ठी निकालकर पता ध्यान से पढ़ना चाहा, तभी बंगले की ओर से एक सज्जन आते दिखाई दिए, सफेद नाइलॉन की कमीज और टेरीकोट की पतलून पहने हुए थे।

"माफ कीजिए, मुझसे भूल हुई। मैं किसी दूसरे बाड़े की तलाश में हूँ।"

और मैंने पुलिस का पर्चा अनायास ही उनके हाथ में दे दिया।

उन्होंने सरसरी नजर से पर्चे की ओर देखा और एक ओर को हाथ का इशारा करते हुए बोले, "वहाँ स्कूटर रखे हैं, उनमें से अपना स्कूटर पहचान लीजिए।"

मैंने उन सज्जन को सिर से पाँव तक देखा। क्या यह पुलिस के अफसर हैं, जिन्होंने अपने बंगले में ही बरामद का माल रख लिया है? पुलिस के बड़े अफसर घर पर वर्दी नहीं पहनते, इसीलिए यह नागरिक वेश में हैं। पर पुलिस के अफसर इतनी ज्यादा अँगूठियाँ भी अँगुलियों में नहीं पहनते जितनी इन्होंने पहन रखी हैं। पर क्या मालूम पहनते ही हों। वर्दी पहनी तो अँगूठियाँ उतार दीं, वर्दी उतारी तो अँगूठियाँ चढ़ा लीं।

मुझे अपना स्कूटर देखने की उत्सुकता थी। मैं बिना कुछ कहे उस ओर घूम गया जहाँ स्कूटर रखे थे।

मैं एक ही नजर में पाँचों स्कूटरों को देख गया, लेकिन इनमें मेरा स्कूटर मुझे नजर नहीं आया। फिर मैं बड़े ध्यान से एक-एक स्कूटर को देखने लगा। एक स्कूटर कुछ-कुछ मेरे स्कूटर से मिलता-जुलता था, लेकिन उस पर बढ़िया-सा शीशा लगा था और हैण्डल के पास ही रेडियो के ऐरियल की छड़ ऊपर को उठ रही थी, उसमें सचमुच लाउडस्पीकर लगा था। यह स्कूटर मेरा कैसे हो सकता है?

तभी वह सज्जन मेरे पास आ गए।

"पहचान लिया? यही आपका स्कूटर है ना!" उन्होंने कहा और मेरे स्कूटर के हैण्डल को सहलाते हुए बोले, "इसे तो मैंने खास खयाल से रखा है। इसे कहीं आँच तक नहीं आई।"

"आपने? क्या मतलब?"

"इस स्कूटर को तो मैं केवल अपने लिए इस्तेमाल करता था। मुझे इसकी सवारी बड़ी पसन्द है।" फिर बड़े चाव से स्कूटर पर लगे एरियल को छूते हुए बोले, "यह एरियल मैंने लगवाया है। मैकेनिक कहने लगा, 'स्कूटर पर एरियल

नहीं लग सकता।' मैंने कहा, ऐसी की तैसी, लगता कैसे नहीं।'' वह भी उसी लहजे में बोल रहे थे जिसमें मैंने मोटे नन्दलाल को बोलते सुना था। क्या वे सभी लोग जिनकी अँगुलियों में अँगूठियाँ दमकती हैं, एक-जैसे ही लहजे में बोलते हैं, सभी की ऐसी की तैसी करते फिरते हैं?

आखिर यह आदमी कौन है? मेरे स्कूटर के बारे में इतने अधिकार से कैसे बात कर रहा है?

''क्या यह सब बरामदी का माल है?''

''और क्या?'' उसने तनिक ऐंठ के साथ कहा, मानो कह रहा हो कि ''हम उठाएंगे तो क्या एक ही स्कूटर उठाएँगे?''

''क्या आप ही ने...?'' मैं इतना ही कह पाया। यों भी सूट-बूटवाले आदमी का मुझ पर रोआब छा जाता है। यहाँ तो इसके दोनों हाथों की अँगुलियों पर नगीने चमक रहे थे, और नाइलॉन की कमीज के नीचे सोने की चेन थी।

मेरा सिर चकरा रहा था। यह आदमी चोर कैसे हो सकता है? न इसकी बगल में छुरा, न दाढ़ी-मूँछों के बीच चमकते खूँखार दाँत, पर दिन-दहाड़े अपने मुँह से मुझे कह रहा है कि तुम्हारा स्कूटर मैंने उठाया है। क्या चोर ऐसे होते हैं? अलीबाबा का भाई कासिम चोरों की गुफा में गया था, और वहाँ से जिन्दा लौट नहीं पाया था। मैं इसके बाड़े में खड़ा हूँ और यह इस तरह मेरे साथ बतिया रहा है जैसे मेरा मौसेरा भाई हो! आखिर यह माजरा क्या है?

''क्या ये सभी मोटरें और स्कूटर आप ही के हाथ की सफाई...'' मैंने बेतकल्लुफी से कहा।

''और क्या–'' उसने बड़े आत्मविश्वास के साथ कहा, और फिर से मेरे स्कूटर को सहलाने लगा, ''यह शीशा तो इस पर मैंने बाद में लगवाया था जब मैं वैष्णोदेवी की यात्रा करने जा रहा था। इलाका पहाड़ी है न, पीछे से आनेवालों की खबर रहनी चाहिए। बड़े तीखे मोड़ हैं। घर के लोग बहुत कहते रहे, हम तुम्हें स्कूटर पर नहीं जाने देंगे, पर मैं नहीं माना। मैंने कहा, देवी की कृपा होगी तो कुछ नहीं होगा।''

''आप वैष्णोदेवी की यात्रा पर गए थे?'' मैं बुदबुदाया।

''मैं हर साल जाता हूँ। और कहीं जाऊँ या नहीं जाऊँ, पर वैष्णो देवी के दर्शन करने जरूर जाता हूँ।''

उसने धर्मपरायण व्यक्ति की तरह तनिक गद्गद होकर कहा, ''साल में एक बार तो देवी का प्रसाद मिलना ही चाहिए।''

"बेशक," मैंने कहा, "मेरे स्कूटर पर और भी कोई तीर्थ-यात्रा की है?" मैंने पूछा। पर वह सुना-अनसुना करके स्कूटर को फिर से सहलाने लगा।

"इसे तो मैंने बड़े चाव से रखा है। इसे केवल अपने इस्तेमाल के लिए रखता था...हालाँकि स्कूटर की सवारी ज्यादा पसन्द नहीं करता।"

"बेशक," मैंने फिर कहा, "जिसके पास इतनी मोटरें हों, वह स्कूटर की सवारी क्यों करेगा।" मुझे लगा जैसे मैं उसकी चापलूसी करने लगा हूँ। पुलिसवालों ने पूछा है कि मैं अपना स्कूटर वापस लेना चाहता हूँ या नहीं, आप क्या सोचते हैं?"

"ले लो, ले लो, इसका इन्जन अच्छा है, और मैंने इसे बड़ी हिफाजत से रखा है।" उसने बड़े भाइयों की तरह मुझे मशविरा देते हुए कहा।

"लेकिन अब मुझे मिलेगा कैसे?"

"इसकी सुपुर्दगी तो पुलिस वाले ही करेंगे।" वह बोला, "आपने तो बीमा कम्पनी से मुआवजा ले लिया है ना?"

"आपको कैसे मालूम है कि मैंने मुआवजा ले लिया है?"

"इतनी खबर तो रहती ही है ना, भाई साहब!" उसने उस्तादाना मुस्कराहट के साथ कहा।

बाड़े में से लौटते हुए मैं मन-ही-मन सोच रहा था, यार, यह माजरा क्या है? यह आदमी अपने मुँह से कह रहा है कि इसने स्कूटर चोरी किया है, पुलिस ने पर्चा देकर मुझे इसके घर भेजा है, पर इसकी पेशानी पर शिकन नहीं। कभी चोर भी लोगों के सामने कबूल करते हैं कि उन्होंने चोरी की है?

दूसरे दिन जब मैं पुलिस स्टेशन पहुँचा तो मुझसे न रहा गया। मैंने पुलिस-इन्स्पेक्टर से पूछ ही लिया, "एक बात समझाइए, इन्स्पेक्टर साहब, जिस आदमी के बाड़े में मेरा स्कूटर रखा था उसने मेरे सामने कबूल किया है कि स्कूटर उसी ने उठाया था। बल्कि और भी बहुत-सी गाड़ियाँ और स्कूटर उसी ने उठाए थे। फिर उसे पकड़ा क्यों नहीं गया?"

पुलिस अफसर ने मुझे इस नजर से देखा जैसे बाप अपने नन्हे से बेटे का बचकाना सवाल सुनकर उसे देखता है, "आपसे खुद कहा था कि उसने चोरी की है?"

"जी।"

"कोई गवाही है आपके पास?"

"मगर मैं जो कह रहा हूँ कि उसने खुद मुझसे कहा है।"

"आप सच बोल रहे हैं, मगर कोई गवाही है आपके पास?"

"पुलिस भी तो जानती है कि उसी ने गाड़ियाँ चुराई हैं, वरना आप मुझे उसके बाड़े में क्यों भेजते?"

"हमने उसी के यहाँ गाड़ियाँ बरामद की हैं।"

"फिर उसे पकड़ा क्यों नहीं गया?"

"पकड़ा था, लेकिन जमानत पर रिहा कर दिया गया है। अब मुकदमा चलेगा।"

मैं चुपचाप सुन रहा था। वह मुझे समझाते हुए बोले, "पुलिस पकड़ सकती है मगर सजा तो नहीं दे सकती! सजा देना तो अदालत का काम है। अब अदालत में मुकदमा पेश होगा?"

इस पर इन्स्पेक्टर हँस पड़ा, "आप तो पढ़े-लिखे आदमी जान पड़ते हैं, स्कूटर चलाते हैं। कानून कभी ऐसे भी चलता है? कानून, कानून है साहब। कानून में उस वक्त तक वह आदमी बेकसूर है जिस वक्त तक उसका कसूर साबित नहीं हो जाता।" और मुस्कराते हुए, गहरे आत्मविश्वास के साथ मेज पर उँगलियों के पपोटे बजाने लगा, और अपने इस विलक्षण वाक्य का प्रभाव मेरे चेहरे पर आँकने लगा।

"अदालत में आपको भी बुलाया जाएगा। आपकी भी गवाही होगी, बल्कि आपको अपना स्कूटर भी वहाँ पेश करना होगा। बाकायदा मुकदमा चलेगा, अदालत तहकीकात करेगी, पुलिस अपनी जानिब से मुकदमे की पैरवी करेगी। कानून, कानून है, साहब। यह नादिरशाही तो नहीं कि बादशाह ने जिसका सिर चाहा कलम करा दिया। कानून, कानून है।"

पुलिस स्टेशन से निकला तो मुझे लगा जैसे मैं किसी मन्दिर में से निकल रहा हूँ। सिर झुका हुआ, दोनों हाथ पीठ पर और दिमाग के अन्दर न्यायप्रियता और प्रजातन्त्र का जैसे संगीत बज रहा था। उस वक्त तक वह आदमी बेकसूर है जिस वक्त तक उसका कसूर साबित न हो जाए। वाह, वाह, मैं अश-अश कर उठा। पर सड़क पर चलते-चलते मेरी आँखों के सामने उस आदमी का वैष्णोदेवी के उस भक्त का चेहरा घूम गया, और फिर मैं असमंजस में पड़ गया। यह क्या कैफियत है यार? पुलिस इससे माल बरामद करती है और कहती है यह चोर है, चोर खुद निराले में कह रहा है कि उसने चोरी की है। पर अदालत कहती है कि साबित करो कि इसने चोरी की है।

खैर, तो कुछ दिन बाद, मैंने बीमा कम्पनी को मुआवजे की रकम वापस

कर दी और स्कूटर को घर ले आया। फिर से गले में रेशमी रूमाल बाँधा, आँखों पर काला चश्मा लगाया, बीवी को पीछे बैठाया और फिर से दिल्ली की सड़कों पर सैर करने निकल आया। मारो गोली, कानून जाने, कानून का बाप! हमारी चीज हमें मिल गई, अब कानून अपना इंसाफ करता फिरे। लगभग छह महीने बाद कूल्हों के नीचे स्कूटर उड़ रहा था। उसकी सुरताल में कोई विशेष अन्तर नहीं आया था। तीर्थयात्री ने सचमुच इसकी अच्छी देखभाल की थी। वह सचमुच ज्यादा सहज, धीर-गम्भीर गति से चलने लगा था, उसे जैसे सुकून मिल गया हो, तैरता-सा चलता था। पत्नी की नजर में भी मेरा दर्जा हल्के-हल्के ऊँचा उठने लगा, हालाँकि अब कभी-कभी मुझे महसूस होता कि मेरा दर्जा अब स्कूटर के मालिक का न होकर एक ड्राइवर का-सा हो गया है जैसे मैं अपनी बीवी को कहीं पहुँचाने के लिए स्कूटर चला रहा हूँ। अब वह मेरी कमर में हाथ भी डालती तो प्यार के कारण नहीं, संभलकर बैठ पाने के लिए, और बात करती तो लगता हुक्म दे रही है।

पर वह सुख क्या जो दिल्ली में दो दिन से ज्यादा निर्विघ्न चलता रहे।

एक और पर्चा आया। अब की बार अदालत की ओर से था कि अमुक दिन, प्रातः दस बजे, तीसहजारी में हाजिर हो जाओ। साथ में स्कूटर का आना जरूरी है। अब तक स्कूटर लेने के बाद लगभग नौ महीने का वक्त बीत चुका था। मेरे मन में खीझ उठी। जिन दिनों स्कूटर मिला था, उन दिनों मेरी दिलचस्पी चोर में, अदालत में और इंसाफ में थी, पर अब तो स्कूटर भी वैष्णोदेवी की चढ़ाई भूल चुका है, अब मुझे क्या लेना-देना।

पर फिर भी मैं हाजिर हो गया। मेरी दिलचस्पी इंसाफ में न हो, अदालत की दिलचस्पी तो इंसाफ में है।

कचहरी में पहुँचा तो वहाँ आदमी-ही-आदमी थे, सीढ़ियों पर आदमी, दीवारों से चिपके आदमी, फर्श पर बैठे, लोटे, अधलेटे आदमी, दरवाजों में, खिड़कियों में आदमी-ही-आदमी, और उनके बीच रेंगते-से, काले कोट-वाले वकील, हर दस आदमियों के पीछे एक रेंगता वकील। मैंने किसी मेले-ठेले में, किसी जलसे-जुलूस में इतने आदमी नहीं देखे थे, जितने वहाँ मौजूद थे। और सभी किसी की राह देख रहे थे, किसी का इन्तजार कर रहे थे। ये किसकी राह देख रहे थे? इंसाफ की?

अदालत के कमरे के पास से गुजरा तो पीछे से किसी की ऊँची-सी आवाज सुनाई दी।

"मूलराज वल्द हुक्मचन्द!"

और दीवार से चिपककर बैठा कोई मूलराज हड़बड़ाकर उठा, और भागता हुआ, आदमियों की गाँठ को चीरता हुआ अदालत के कमरे में जा पहुँचा। आदमियों की गाँठ फिर बन्द हो गई। जिस जगह पर मूलराज बैठा था, उस जगह पर अब कोई दूसरा मूलराज चिपककर बैठ गया था।

मैं भी उचक-उचककर, कमरों के नम्बर पढ़ता, आखिर कमरा नं.—के बाहर पहुँचा। दरवाजे के पास ही उस दिन के मुकदमों की सूची लगी थी। मैंने ध्यान से सूची को पढ़ा। सूची में मेरा नाम नहीं था। पहले तो दिल को धक्का-सा लगा। जब भी कभी किसी सूची में मेरा नाम न हो, मेरे दिल को धक्का लगता है, मैं सोचता हूँ, इस काबिल नहीं समझा गया कि सूची में मेरा नाम देख पाने की ललकी उत्तरोत्तर बढ़ती रही है, भले ही चोरों की सूची ही क्यों न रही हो, नाम तो होना ही चाहिए। फिर मन में विचार उठा, सूची में मुजरिमों का नाम होगा, मेरा क्यों होगा, पर मन माना नहीं। नाम देने में क्या हर्ज है, जिसका स्कूटर चुराया गया, क्या वह कम महत्त्व का आदमी है? चोर-चकार का नाम दिया जा सकता है, मेरा नहीं दिया जा सकता?

मुझे बुलावा भी नहीं आया। कुछ देर बाहर डोलने के बाद मैंने भीड़ में इधर-उधर आँखें दौड़ाईं। वह चोर महाशय तो जरूर यहीं पर होंगे। आखिर, इस बारात के दूल्हा तो वही हैं। पर वह सज्जन कहीं दिखाई नहीं दिए। साहस बटोरकर मैं मुवक्किलों-मुद्दइयों की गाँठ को चीरकर अदालत के कमरे में जा पहुँचा। वहाँ लकड़ी के ऊँचे-से चबूतरे पर, एक लम्बी-चौड़ी मेज के पीछे, काला कोट पहने और आँखों पर मोटा-सा चश्मा लगाए मजिस्ट्रेट साहब बैठे थे। उनके सामने नीचे, फर्श पर, दस-बारह आदमी खड़े थे, जिनमें से दो-तीन काले कोटवाले वकील थे, दो-तीन पुलिस की वर्दी में थे। चोर वहाँ पर भी नहीं था। मेज पर फाइलों का अम्बार लगा था।

"यह आदमी कौन है? इधर क्यों घूम रहा है?"

मजिस्ट्रेट साहब की कड़ी आवाज थी और इशारा मेरी ओर था।

मैं मजिस्ट्रेट साहब के सामने जा खड़ा हुआ।

"युअर एक्सिलेन्सी!" मैंने कहा, "मेरा स्कूटर चोरी हो गया था। और उस सम्बन्ध में आज मुझे यहाँ बुलाया गया है।"

युअर एक्सिलेन्सी कहने का सचमुच लाभ हुआ। किसी जमाने में मुझे एक बुजुर्ग ने नसीहत की थी कि सिपाही को सिपाही कहकर मत बुलाओ, हवलदार कहकर बुलाओ, और हवलदार को थानेदार इससे हाकिम नर्म पड़ जाता है। मैंने

भी युअर एक्सिलेन्सी कहा तो मजिस्ट्रेट के चेहरे की माँसपेशियाँ ढीली पड़ गईं।

"कौन-सा मुकद्दमा है यह?"

"हूज़ूर!" सरकारी वकील बोला, "यह मोटरों की चोरीवाला केस है। मगर हुज़ूर आज वह मुकद्दमा पेश नहीं होगा। मुजरिम के वकील ने दूसरी तारीख दी जाने की दर्खास्त दी है।"

"क्यों?"

"गवाह पेश नहीं किए जा सके हज़ूर!"

"हाँ हाँ!" मजिस्ट्रेट ने कहा, फिर मुझे सम्बोधन करके बोले, "आज आप तशरीफ ले जाइए। अगली तारीख की आपको इत्तला कर दी जाएगी।" और फिर अपने काम की ओर मुखातिब हो गए।

मैंने चैन की साँस ली। बात टल जाए तो मैं चैन की साँस लेता हूँ, विशेषकर जब कोई सरकारी मामला हो। पर तभी मुझे खयाल आया कि अगली तारीख को मुझे फिर अदालत में पेश होना पड़ेगा। इसमें क्या तुक है। कुछ देर तक वहीं डोलते रहने के बाद, यह सोचकर कि मुमकिन है मजिस्ट्रेट साहब को गलतफहमी हुई हो, मैं फिर उनके सामने जा खड़ा हुआ। मजिस्ट्रेट के चहरे की माँसपेशियाँ तन गईं।

"युअर एक्सिलेन्सी, दरअसल मेरा स्कूटर चुराया गया था। मुझ पर कोई मुकद्दमा नहीं है। इसलिए..."

"मैं जानता हूँ।" हिज एक्सिलेन्सी बोले, "आपको भी इस मुकद्दमे में बयान देना है।"

"बयान तो हुज़ूर मैं दे चुका हूँ। मैंने पुलिस को पहले दिन ही बयान लिखा दिया था।"

"वह पुलिस को दिया गया था। तुम्हें अदालत में बयान देना होगा।"

"युअर एक्सिलेन्सी, अगर आज ही मेरा बयान ले लिया जाए..."

"मैं और काम छोड़ दूँ?" मजिस्ट्रेट गुस्से से बोले, "आज यह मुकद्दमा पेश नहीं होगा।"

मैं कुछ कहने जा ही रहा था कि किसी ने मेरी आस्तीन खींची। नाटे-से कद का एक गोरा-सा आदमी मेरी बगल में खड़ा था, वह मुझे इशारे से एक ओर ले गया, "मजिस्ट्रेट से जिरह नहीं करते। आप अगली तारीख को आ जाइए, मैं आपको जल्दी फारिग करवा दूँगा।"

मैं बाहर आ गया, स्कूटर को किक लगाई और घर के लिए रवाना हो गया।

अगली तारीख तीन महीने के बाद आई। मैं दफ्तर से छुट्टी लेकर स्कूटर दौड़ता फिर पहुँच गया। उस रोज भी चोर महाशय मौजूद नहीं थे। पता चला कि आज वह किसी दूसरे मुकद्दमे में पेश होने गए हैं, वक्त पर आ गए तो यहाँ उनका मुकद्दमा पेश होगा, वरना नई तारीख दे दी जाएगी।

मैं डोलता हुआ फिर हिज एक्सिलेन्सी के सामने जा खड़ा हुआ। मेरी टाँगें लरजने लगी थीं, क्योंकि मुझे डर था कि वह फिर मुझे डाँट देंगे।

''युअर एक्सिलेन्सी मेरा स्कूटर चोरी हो गया था, उस सिलसिले में मैं हाजिर हुआ हूँ।''

उन्होंने मुझे ऊपर से नीचे तक देखा।

''यह क्या मामला है?''

सरकारी वकील ने फिर केस का हवाला दिया और बताया कि आज मुलजिम किसी दूसरे मुकद्दमे में पेश हो रहा है।...

पर मजिस्ट्रेट को केस याद आया और उन्होंने इस बात की इजाजत दे दी कि मैं अपना बयान लिखवा दूँ। मुलजिम का वकील मेरे पास ही खड़ा था। यहाँ मुझसे एक भूल हो गई। मैं चोर को चोर कह बैठा। अपने बयान में मैं यह भी कह बैठा कि चोर ने खुद मुझसे कहा है कि उसने मेरा स्कूटर उठाया था।

इस पर चोर का वकील तड़प उठा, ''हुजूर, यह आदमी मेरे मुवक्किल को चोर कैसे कह सकता है।''

मजिस्ट्रेट साहब ने अपनी तर्जनी उठाते हुए मुझे चुप रहने को कहा, ''तुम तथाकथित मुलजिम कह सकते हो।''

''युअर एक्सिलेन्सी, मैं यह सब अपनी तरफ से नहीं जोड़ रहा हूँ। चोर ने सचमुच मुझे बताया है, वह मेरे स्कूटर पर वैष्णोदेवी भी गया था।''

चोर का वकील चिल्लाया : ''माई लार्ड, यह अदालत की तौहीन है!''

इस पर मजिस्ट्रेट को भी गुस्सा आ गया, अब की बार अपनी तर्जनी को पिस्तौल की तरह मेरी छाती पर दागते हुए बोले, ''मैं तुम्हें अदालत की तौहीन के जुर्म में हवालात में बन्द कर सकता हूँ। तुम सीधे-सीधे अपना बयान लिखवाओ।''

तभी मेरी कुहनी पर फिर किसी ने झटकारा दिया। ठिगने कद का गोरा मुंशी था। ''आप लिखवाइए साहब, वरना लेने के देने पड़ जाएँगे।''

मैं घबरा गया। और इसी घबराहट में मैं भूल गया कि वह तारीख कौन-सी थी, जब मेरा स्कूटर उठाया गया था।

"पुलिस को उस रात मैंने बयान दिया था। वह जरूर यहाँ फाइल में मौजूद होगा। उसमें तारीख लिखी है।"

"आप फाइल नहीं देख सकते।" वकील चिल्लाया।

"माई लार्ड, गवाह को फाइल नहीं दिखाया जा सकता।"

नाटे मुंशी ने फिर कुहनी को दबाया।

"लिखाइए, साहब लिखाईए।" वह फुसफुसाया। मैं डर रहा था कि अगर मैंने तारीख गलत लिखवा दी तो मेरा सारा बयान गड़बड़ा जाएगा।

खैर, जैसे-तैसे मैंने बयान लिखवाया। पर लिखवाते-लिखवाते मेरा पसीना छूट गया। यही डर बना रहा कि कहीं कोई गलत-बयानी हो गई तो मुझे ही हवालात में न भेज दें।

आखिर बयान पर मैंने दस्तखत किए और चैन की साँस ली। चलो, छुट्टी हुई, अब कभी अदालत का मुँह नहीं देखूँगा।

मैंने झुककर बड़े अदब से कहा "युअर एक्सिलेन्सी, मैंने बयान लिखवा दिया है।"

"स्कूटर लाए हो?" मजिस्ट्रेट ने पूछा।

"जी, बाहर रखा है।"

"अगली पेशी पर भी ले आना।"

"अगली पेशी? वह किसलिए युअर एक्सिलेन्सी? मैंने अपना बयान तो लिखवा दिया है।'

इस पर मजिस्ट्रेट ने फिर तर्ज़नी दागते हुए कहा, "हर पेशी पर स्कूटर को पेश किया जाना जरूरी है। उन्होंने फर्माया, फिर तनिक ढीले पड़कर बोले, "तुम खुद नहीं आ सकते तो किसी ड्राइवर के हाथ भेज दो।"

"हुजूर, स्कूटरों के ड्राइवर नहीं होते। केवल मोटरों के ड्राइवर होते हैं।"

"स्कूटर का यहाँ पेश किया जाना जरूरी है।" उन्होंने दृढ़ता से कहा, "और सुनो, जब तक मुकदमे का फैसला नहीं हो जाता, तुम अदालत की इजाजत के बगैर उसे बेच नहीं सकते।" फिर सरकारी वकील से बोले—"अगली पेशी की तारीख इसे अभी से बता दो, बल्कि इससे लिखवा लो कि इसका स्कूटर यहाँ पहुँचाया जाएगा।"

अगली तारीख 11 जून रखी गयी थी।

11 जून आयी। मैं अदालत में पहुँचा। फिर 15 अक्तूबर आयी, मैं स्कूटर लेकर अदालत में मौजूद था। फिर 3 फरवरी आयी, मैं अदालत में मौजूद था।

और इसके बाद पेशियों का ऐसा ताँता शुरू हुआ कि थमने में नहीं आया। पेशियाँ अभी तक बराबर चल रही हैं। हर तीसरे-चौथे महीने पेशी होती है। एक बार अदालत में पहुँचा तो मजिस्ट्रेट बदल चुके थे। दूसरी बार पहुँचा तो अदालत बदल चुकी थी, तीस हजारी के स्थान पर मुकद्दमे की पैरवी पार्लियामेण्ट स्ट्रीट की अदालत में होने लगी थी। पर तथाकथित मुलजिम केवल एकाध बार ही देखने को मिला, एक बार पता चला कि वह किसी दूसरी कचहरी में शहादत देने गया है। दूसरी बार पता चला कि शहर में नहीं है, वैष्णोदेवी की यात्रा पर गया है! नाटे मुंशी ने बताया उसका यहाँ रहना इतना जरूरी नहीं कि जितना उसके वकील का रहना जरूरी है, या फिर मेरे स्कूटर का।

मुकद्दमा बराबर अभी भी चल रहा है। इस बीच मेरी कनपटियों के बाल सफेद हो चुके हैं। इस बीच मेरी पत्नी दो बच्चों की माँ बन चुकी है। मुकद्दमे में तीन मजिस्ट्रेट बदले जा चुके हैं। दो सरकारें बदल चुकी हैं, लेकिन मेरे स्कूटर के चोर का अभी तक सही तौर पर पता नहीं चल पाया, तहकीकात बराबर जारी है।

सब कुछ सामान्य गति से चल रहा है, केवल एक बात पहले की-सी नहीं रही। अब स्कूटर वह स्कूटर नहीं रहा, अब वह बुढ़ाने लगा है। सड़क पर चलते-चलते खाँसने छींकने लगता है। कभी-कभी चलते-चलते खड़ा हो जाता है। किक पर किक मारो, चलने का नाम नहीं लेता। मैं अब गले में रूमाल बाँधकर स्कूटर पर हवाखोरी के लिए नहीं जाता। पत्नी ने स्कूटर की सवारी करना छोड़ दिया है।

परसों अदालत में पेशी थी। स्कूटर ने जाने से इनकार कर दिया। मैं घण्टाभर किकें जमाता रहा, दो हमसायों से धक्के मरवाए, पर उसने ऐसी जिद्द पकड़ी कि दो गज दूर तक चलने का नाम नहीं लिया। एक मैकेनिक के पास ले गया तो बोला, "साहब, गाड़ी ओवरहाल माँगती है, मैंने पहले भी कहा है। रोज की ठक-ठक से क्या फायदा? इस वक्त ठीक कर भी दूँ तो इसका कोई भरोसा नहीं।" मैंने कचहरी का वास्ता डाला। वहाँ वक्त पर नहीं पहुँचा तो मुकद्दमे की कार्रवाई शुरू नहीं हो पाएगी। इस पर मैकेनिक हँस दिया, "साहब, हर बार आप यही कहते हैं।"

मैं एन वक्त पर कचहरी पहुँच गया। मतलब कि मैं और स्कूटर दोनों कचहरी पहुँच गए। स्कूटर अपनी मशीन के बल पर भले ही चलने से इनकार कर दे, अकेले जाने पर सचमुच चलने लगता है। चुनाँचे 'फिल्मिस्तान' सिनेमाघर से लेकर कचहरी तक का रास्ता हम दोनों ने साथ-साथ चलकर ही तय किया।

मैंने मजिस्ट्रेट साहब को पसीना पोंछते हुए सलाम किया।

"स्कूटर ले आए?"

"जी!"

यह पाँचवें मजिस्ट्रेट हैं जो इस मुकद्दमे की देखभाल कर रहे हैं। बार-बार कचहरी आने के कारण मुझे पहचानने लगे हैं, इस कारण मेरे साथ मेहरबानी से पेश आते हैं। कचहरी में पहुँचने के घण्टे-भर के अन्दर ही मेरी हाजिरी लगाकर मुझे अगली तारीख दे देते हैं।

अगली तारीख मिल जाने पर मैंने बड़ी विनम्रता से कहा, "हुजूर, मेरा स्कूटर इस हालत में नहीं है कि अदालत तक पहुँच सके।"

उन्होंने पलकें उठाईं "आज मैं स्कूटर को पैदल धकेलकर लाया हूँ।" मैंने बड़ी आजिजी से कहा।

मजिस्ट्रेट सोच में पड़ गए, फिर सिर हिलाकर बोले, "किसी छकड़े-टाँगे पर रखकर ले आया करो। छकड़े पर तो स्कूटर आसानी से रखा जा सकता है।" उन्होंने कहा और तीन महीने आगे की तारीख दे दी।

मैं चुप हो गया। कहता भी तो क्या। उसी रोज मैंने एक छकड़े पर मरे हुए भैंसे की लाश को ले जाए जाते देखा था। अगर मरे हुए भैंसे को लादा जा सकता है तो स्कूटर को भी लादा जा सकता है।

फिर भी मैंने साहस बटोरकर कहा, "युअर एक्सिलेन्सी, मुझे एक बात का डर है। अगर इस बीच मेरे स्कूटर ने दम तोड़ दिया तो इस तहकीकात का क्या होगा?"

मजिस्ट्रेट ने क्षण-भर के लिए सोचा, फिर बोले, "तहकीकात जारी रहेगी!"

मैं बाहर आया। यार्ड में खड़े स्कूटर का नाक-मुँह पोंछा, पुचकारा, फिर किक लगाई। जवाब नदारद। फिर किक लगाई, फिर भी जवाब नदारद। फिर एक-के-बाद एक किकें लगाने लगा। कभी पेट्रोल खोलता, कभी बन्द करता। जवाब नदारद।

इस बची अदालत लंच के लिए उठ गई। फर्राटे से एक कार मेरे पास से गुजरी। मैंने पसीना पोंछते हुए, आँख उठाकर देखा, मजिस्ट्रेट साहब की कार थी। वह पीछे की सीट पर बैठे थे और उन्होंने पीछे की ओर मुड़कर मेरी ओर देखा भी। इसके कुछ देर बाद एक स्टेशन बेगन पास से गुजरी। वह भी फर्राटे-से गुजर गई। उसमें से भी कुछ लोगों ने घूमकर मेरी ओर देखा। वह पुलिस की जीप थी, मैंने पुलिस इन्स्पेक्टर और नाटे मुंशी को पहचान लिया। मुंशी ने मुझे देखकर हाथ हिलाया।

फिर मेरी किकें जारी रहीं। मन में आया फिर इसे धकेलकर ले चलूँ। लेकिन स्कूटरवाले के दिल में इस बात की आशा सदा बनी रहती है कि अगली किक पर स्कूटर का इंजन चलने लगेगा।

तभी एक कार आई और पास आकर रुक गई। काले रंग की चमकती 'फिएट' कार थी।

''कहिए भाई साहब, स्कूटर चल नहीं रहा है? परेशान कर रहा है?''

अरे, यह तो दयाराम था! मेरे स्कूटर का चोर! नहीं, नहीं तथाकथित चोर, इन वर्षों में केवल दो-एक बार ही कचहरी में इसकी झलक मिली थी। कार में बैठे-बैठे ही बोला, ''इसकी क्या हालत बना रखी है यार। इतना बढ़िया स्कूटर हुआ करता था।''

वह बड़ी सद्भावना से स्कूटर की ओर देखता रहा, मानो इसके साथ बड़ी सुखद स्मृतियाँ जुड़ी हों।

''वैष्णोदेवी की पूरी चढ़ाई यह स्कूटर चढ़ गया था। यह मशीन है आखिर। मशीन का ध्यान नहीं करोगे तो मशीन तुम्हारी खिदमत नहीं करेगी।''

मैं हाँफ रहा था। उसकी नसीहत सुनकर मुझे बढ़ी कोफ्त हुई पर उसके हाथ की अँगूठियों की ओर नजर गई तो सहसा एक विचार मेरे मन में कौंध गया। मैं स्कूटर को छोड़कर उसके पास चला गया।

''एक परेशानी है, दयारामजी।''

''कहो, हुक्म करो। क्या बात है?''

''हर पेशी पर मुझे स्कूटर लाना पड़ता है। यह छठा साल चल रहा है। इस लाश को उठाकर लाना अब मेरे लिए बहुत मुश्किल है।''

''वाह, इतनी-सी बात के लिए परेशान हो रहे हो? पहले क्यों नहीं कहा। चिन्ता नहीं करो। हो जाएगा, कोई-न-कोई तरकीब निकल आएगी। इनकी ऐसी-की-तैसी।'' कहते हुए उसने मेरा कन्धा थपथपाया। उसके हाथ की अनगिनत अँगूठियाँ चमक उठीं। ''हो जाएगा।'' उसने कहा और कार चला दी और फर्राटे से वहाँ से निकल गया।

मैं अभिभूत-सा खड़ा रह गया और ठीक तरह से अपना आभार भी प्रकट नहीं कर पाया।

वाङ्चू

तभी दूर से वाङ्चू आता दिखाई दिया।

नदी के किनारे, लालमण्डी की सड़क पर धीरे-धीरे डोलता-सा चला आ रहा था। धूसर रंग का चोगा पहने था और दूर से लगता था कि बौद्ध भिक्षुओं की ही भाँति उसका सिर भी घुटा हुआ है। पीछे शंकराचार्य की ऊँची पहाड़ी थी और ऊपर स्वच्छ नीला आकाश। सड़क के दोनों ओर ऊँचे-ऊँचे सफेदे के पेड़ों की कतारें। क्षण भर के लिए मुझे लगा, जैसे वाङ्चू इतिहास के पन्नों पर से उतर कर आ गया है। प्राचीन-काल में इसी भाँति देश-विदेश से आने वाले चीवरधारी भिक्षु पहाड़ों और घाटियों को लाँघकर भारत में आया करते होंगे। अतीत के ऐसे ही रोमांचकारी धुँधलके में वाङ्चू भी चलता हुआ नजर आया। जब से वह श्रीनगर में आया था, बौद्ध विहारों के खण्डहरों और संग्रहालयों में घूम रहा था। इस समय भी वह लालमण्डी के संग्रहालय में से निकलकर आ रहा था, जहाँ बौद्धकाल के अनेक अवशेष रखे हैं। उसकी मनःस्थिति को देखते हुए वह सचमुच ही वर्तमान से कटकर अतीत के ही किसी कालखण्ड में विचर रहा था।

—बोधिसत्वों से भेंट हो गई? पास आने पर मैंने चुटकी ली।

वह मुस्करा दिया, हल्की टेढ़ी-सी मुस्कान, जिसे मेरी मौसेरी बहन डेढ़ दाँत की मुस्कान कहा करती थी, क्योंकि मुस्कराते वक्त वाङ्चू का ऊपर का होंठ केवल एक ओर से थोड़ा-सा ऊपर को उठता था।

—संग्रहालय के बाहर बहुत-सी मूर्तियाँ रखी हैं। मैं वही देखता रहा। उसने धीमे-से कहा। फिर वह सहसा भावुक होकर बोला—एक मूर्ति में केवल पैर-ही-पैर बचे हैं...

मैंने सोचा, आगे कुछ कहेगा, परन्तु वह इतना भावविह्वल हो उठा था कि उसका गला रुँध गया और उसके लिए बोलना असम्भव हो गया।

हम एक साथ घर की ओर लौटने लगे।

—महाप्राण के भी पैर ही पहले दिखाए जाते थे। उसने काँपती-सी आवाज में कहा और अपना हाथ मेरी कोहनी पर रख दिया। उसके हाथ का हल्का-सा कम्पन्न, धड़कते दिल की तरह महसूस हो रहा था।

—आरम्भ में महाप्राण की मूर्तियाँ नहीं बनाई जाती थीं ना! तुम तो जानते हो, पहले स्तूप के नीचे केवल पैर ही दिखाए जाते थे। मूर्तियाँ तो बाद में बनाई जाने लगी थीं।

जाहिर है बोधिसत्व के पैर देखकर उसे महाप्राण के पैर याद हो आए थे और वह भावुक हो उठा था। कुछ पता नहीं चलता था, कौन-सी बात किस वक्त वाङ्चू को पुलकाने लगे, किस वक्त वह गद्गद होने लगे।

—तुमने बहुत देर कर दी। सभी लोग तुम्हारा इन्तजार कर रहे हैं। मैं चिनारों के नीचे भी तुम्हें खोज आया हूँ। मैंने कहा।

—मैं संग्रहालय में था।

—वह तो ठीक है, पर दो बजे तक हमें हब्बा कदल पहुँच जाना चाहिए, वरना जाने का कोई लाभ नहीं।

उसने छोटे-छोटे झटकों के साथ तीन बार सिर हिलाया और कदम बढ़ा दिए।

वाङ्चू भारत में मतवाला बना घूम रहा था। वह महाप्राण के जन्म स्थान लुम्बिनी की यात्रा नंगे पाँव कर चुका था, सारा रास्ता हाथ जोड़े हुए जिस-जिस दिशा में महाप्राण के चरण उठे थे, वाङ्चू मन्त्रमुग्ध-सा उसी-उसी दिशा में घूम आया था। सारनाथ में, जहाँ महाप्राण ने अपना पहला प्रवचन किया था और दो मृगशावक मंत्रमुग्ध-से झाड़ियों में से निकलकर उनकी ओर देखते रह गए थे, वाङ्चू एक पीपल के पेड़ के नीचे घण्टों नतमस्तक बैठा रहा था, यहाँ तक कि उसके कथनानुसार उसके मस्तक में अस्फुट-से वाक्य गूँजने लगे थे और उसे लगा था, जैसे महाप्राण का पहला प्रवचन सुन रहा है। वह इस भक्तिपूर्ण कल्पना में इतना गहरा डूब गया था कि सारनाथ में ही रहने लगा था। गंगा की धारा को वह दसियों शताब्दियों के धुँधलके में पावन जलप्रवाह के रूप में देखता। जब से श्रीनगर में आया था, बर्फ से ढके पहाड़ों की चोटियों की ओर देखते हुए अक्सर मुझसे कहता—वह रास्ता ल्हासा को जाता है ना, उसी रास्ते बौद्ध ग्रंथ तिब्बत में भेजे गए थे। वह उस पर्वतमाला को भी पुण्य-पावन मानता था, क्योंकि उन पर बिछी पगडंडियों के रास्ते बौद्ध भिक्षु तिब्बत की ओर गए थे।

वाङ्चू कुछ वर्षों पहले वृद्ध प्रोफेसर तान शान के साथ भारत आया था। कुछ दिनों तक तो वह उन्हीं के साथ रहा और हिन्दी तथा अंग्रेज़ी भाषाओं का अध्ययन करता रहा, फिर प्रोफेसर शान चीन लौट गए और वह यहीं बना रहा और किसी बौद्ध सोसाइटी से अनुदान प्राप्त कर सारनाथ में आकर बैठ गया। भावुक काव्यमयी प्रकृति का जीव, जो प्राचीनता के मनमोहक वातावरण में विचरते रहना चाहता था। वह यहाँ तथ्यों की खोज करने नहीं आया था। वह तो बोधिसत्वों की मूर्तियों को देखकर गद्गद होने आया था। महीने भर से संग्रहालयों के चक्कर काट रहा था, लेकिन उसने कभी नहीं बताया कि बौद्ध धर्म की किस शिक्षा से उसे सबसे अधिक प्रेरणा मिलती है। न तो वह किसी तथ्य को पाकर उत्साह से खिल उठता, न उसे कोई संशय परेशान करता। वह भक्त अधिक और जिज्ञासु कम था।

मुझे याद नहीं कि उसने हमारे साथ कभी खुलकर बात की हो, या किसी विषय पर अपना मत पेश किया हो। उन दिनों मेरे और मेरे दोस्तों के बीच घण्टों बहसें चला करतीं, कभी देश की राजनीति के बारे में, कभी धर्म के बारे में, लेकिन वाङ्चू इनमें कभी भाग नहीं लेता था। वह सारा वक्त धीमे-धीमे मुस्कराता रहता और कमर के एक कोने में दुबककर बैठा रहता। उन दिनों देश में वलवलों का सैलाब-सा उठ रहा था। स्वतन्त्रता आन्दोलन जोरों पर था और हमारे बीच उसी की चर्चा रहती—काँग्रेस कौन-सी नीति अपनाएगी, आन्दोलन कौन-सा रुख पकड़ेगा। क्रियात्मक स्तर पर तो हम लोग कुछ करते-कराते नहीं थे, लेकिन भावनात्मक स्तर पर उसके साथ बहुत कुछ जुड़े हुए थे। इस पर वाङ्चू की तटस्थता कभी हमें अखरने लगती, तो कभी अचम्भे में डाल देती। वह हमारे देश की ही गतिविधि के बारे में नहीं, अपने देश की गतिविधि में भी कोई विशेष दिलचस्पी नहीं लेता था। उसके अपने देश के बारे में भी पूछो, तो मुस्कराता सिर हिलाता रहता था।

कुछ दिनों से श्रीनगर की हवा भी बदली हुई थी। कुछ मास पहले यहाँ गोली चली थी। कश्मीर के लोग महाराजा के खिलाफ उठ खड़े हुए थे। और अब कुछ दिनों से शहर में एक नयी उत्तेजना पाई जाती थी। नेहरूजी श्रीनगर आने वाले थे और उनका स्वागत करने के लिए नगर को दुल्हन की तरह सजाया जा रहा था। आज ही दोपहर को नेहरूजी श्रीनगर पहुँच रहे थे। नदी के रास्ते नावों के जुलूस की शक्ल में उन्हें लाने की योजना थी और इसी कारण मैं वाङ्चू को खोजता हुआ उस ओर आ निकला था।

हम घर की ओर बढ़े जा रहे थे, जब सहसा वाङ्चू ठिठककर खड़ा हो गया।

—क्या मेरा जाना बहुत जरूरी है? जैसा तुम कहो...

मुझे धक्का-सा लगा। ऐसे समय में, जब लाखों लोग नेहरूजी के स्वागत के लिए इकट्ठे हो रहे थे, वाङ्चू का यह कहना कि अगर वह साथ में न जाए, तो कैसा रहे, मुझे सचमुच बुरा लगा। लेकिन फिर स्वयं ही कुछ सोचकर उसने अपने आग्रह को दोहराया नहीं और हम घर की ओर साथ-साथ जाने लगे।

कुछ देर बाद हब्बा कदल के पुल के निकट लाखों की भीड़ में हम लोग खड़े थे—मैं वाङ्चू तथा मेरे दो-तीन मित्र। चारों ओर, जहाँ तक नजर जाती, लोग-ही-लोग थे—मकानों की छतों पर, पुल पर, नदी के ढलवाँ किनारों पर। मैं बार-बार कनखियों से वाङ्चू के चेहरे की ओर देख रहा था कि उसकी क्या प्रतिक्रिया हुई है, कि हमारे दिल में उठने वाले वलवलों का उस पर क्या असर हुआ है। यों भी यह मेरी आदत-सी बन गई है, जब भी कोई विदेशी साथ में हो, मैं उसके चेहरे का भाव पढ़ने की कोशिश करता रहता हूँ कि हमारे रीति-रिवाज, हमारे जीवन-यापन के बारे में उसकी क्या प्रतिक्रिया होती है। वाङ्चू अधमुँदी आँखों से सामने का दृश्य देखे जा रहा था। जिस समय नेहरूजी की नाव सामने आई, तो जैसे मकानों की छतें भी हिल उठीं। राजहंस की शक्ल की सफेद नाव में नेहरूजी स्थानीय नेताओं के साथ खड़े हाथ हिला-हिलाकर लोगों का अभिवादन कर रहे थे। और हवा में फूल-ही-फूल बिखर गए। मैंने पलटकर वाङ्चू के चेहरे की ओर देखा। वह पहले ही की तरह निश्चेष्ट-सा सामने का दृश्य देखे जा रहा था।

—आप को नेहरूजी कैसे लगे? मेरे एक साथी ने वाङ्चू से पूछा।

वाङ्चू ने अपनी टेढ़ी-सी आँखें उठाकर उसके चेहरे की ओर देखा, फिर अपनी डेढ़ दाँत की मुस्कान के साथ कहा—अच्चा, बहुत अच्चा!

वाङ्चू मामूली-सी हिन्दी और अँग्रेज़ी जानता था। अगर तेज बोलो तो उसके पल्ले कुछ नहीं पड़ता था।

नेहरूजी की नाव दूर जा चुकी थी, लेकिन नावों का जुलूस अभी भी चलता जा रहा था, जब वाङ्चू सहसा मुझसे बोला—मैं थोड़ी देर के लिए संग्रहालय में जाना चाहूँगा। इधर से रास्ता जाता है, मैं स्वयं चला जाऊँगा। और वह बिना कुछ कहे, एक बार अधमिंची आँखों से मुस्कराया और हल्के-से हाथ हिलाकर मुड़ गया।

हम सभी हैरान रह गए। इसे सचमुच जुलूस में रुचि नहीं रही होगी, जो इतनी जल्दी संग्रहालय की ओर अकेला चल दिया है।

—यार, किस बूदम को उठा लाए हो? यह क्या चीज है? कहाँ से पकड़ लाए हो इसे? मेरे एक मित्र ने कहा।

—बाहर का रहने वाला है, इसे हमारी बातों में कैसे रुचि हो सकती है! मैंने सफाई देते हुए कहा।

—वाह, देश में इतना कुछ हो रहा हो और इसे रुचि ही न हो!

वाङ्चू अब तक दूर जा चुका था और भीड़ में से निकलकर पेड़ों की कतार के नीचे आँखों से ओझल होता जा रहा था।

—मगर यह है कौन? दूसरा एक मित्र बोला—न यह बोलता है, न चहकता है। कुछ पता नहीं चलता, हँस रहा है, या रो रहा है! सारा वक्त एक कोने में दबक कर बैठा रहता है।

—नहीं, नहीं, बड़ा समझदार आदमी है। पिछले पाँच साल से यहाँ पर रह रहा है। बड़ा पढ़ा-लिखा आदमी है। बौद्ध धर्म के बारे में बहुत कुछ जानता है। मैंने फिर उसकी सफाई देते हुए कहा।

मेरी नजर में इस बात का बड़ा महत्त्व था कि वह बौद्ध ग्रन्थ बाँचता है और उन्हें बाँचने के लिए इतनी दूर से आया है।

—सीधी-सी बात है, यार! मैंने जोड़ा—इसे यहाँ भारत का वर्तमान खींचकर नहीं लाया, भारत का अतीत लाया है। ह्यून त्सांग भी तो यहाँ बौद्ध ग्रन्थ ही बाँचने आया था। यह भी शिक्षार्थी है। बौद्ध मत में इसकी रुचि है।

घर लौटते हुए हम लोग सारा रास्ता वाङ्चू की ही चर्चा करते रहे। अजय का मत था कि अगर वह पाँच साल भारत में काट गया है, तो अब वह जिन्दगी भर यहीं पर रहेगा।

—अब आ गया है तो लौटकर नहीं जाएगा। भारत में एक बार परदेशी आ जाए, तो लौटने का नाम नहीं लेता।

—भारत देश वह दलदल है कि जिसमें एक बार बाहर के आदमी का पाँव पड़ जाए, तो वह धँसता ही चला जाता है, निकलना चाहे भी, तो नहीं निकल सकता! दिलीप ने मजाक में कहा—न जाने कौन-से कमल फूल तोड़ने के लिए इस दलदल में घुसा है।

—हमारा देश हम हिन्दुस्तानियों को पसन्द नहीं, बाहर के लोगों को तो बहुत पसन्द है! मैंने कहा।

—पसन्द क्यों न होगा! यहाँ थोड़े में गुजर हो जाती है, सारा वक्त धूप खिली रहती है, फिर बाहर के आदमी को लोग परेशान नहीं करते, जहाँ बैठा है वहीं बैठा रहने देते हैं। इस पर उन्हें तुम जैसे झुड्डू भी मिल जाते हैं, जो उनका गुणगान करते रहते हैं और उनकी आवभगत करते रहते हैं! तुम्हारा वाङ्चू भी यहीं पर मरेगा...!

हमारे यहाँ उन दिनों मेरी छोटी मौसेरी बहन ठहरी हुई थी, वही जो वाङ्चू की मुस्कान को डेढ दाँत की मुस्कान कहा करती थी। चुलबुली-सी लड़की, बात-बात पर ठिठोली करती रहती थी! मैंने दो-एक बार वाङ्चू को कनखियों से उसकी ओर देखते पाया था, लेकिन कोई विशेष ध्यान नहीं दिया, क्योंकि वह सभी को कनखियों से ही देखता। पर उस शाम नीलम मेरे पास आई और बोली—आपके दोस्त ने मुझे उपहार दिया है। प्रेमोपहार!

मेरे कान खड़े हो गए—क्या दिया है?

—झूमरों का जोड़ा!

और उसने दोनों मुट्ठियाँ खोल दीं, जिनमें चाँदी के कश्मीरी चलन के दो सफेद झूमर चमक रहे थे। और फिर वह दोनों झूमर अपने कानों के पास ले जाकर बोली—कैसे लगते हैं?

मैं हतबुद्धि-सा नीलम की ओर देख रहा था।

—उसके अपने कान कैसे भूरे-भूरे हैं! नीलम ने हँसकर कहा।

—किसके?

—मेरे इस प्रेमी के!

—तुम्हें उसके भूरे कान पसन्द हैं?

—बहुत ज्यादा! जब शर्माता है, तो ब्राउन हो जाते हैं, गहरे ब्राउन! और नीलम खिलखिलाकर हँस पड़ी।

लड़कियाँ कैसे उस आदमी के प्रेम का मजाक उड़ा सकती हैं, जो उन्हें पसन्द न हो! या कहीं नीलम मुझे बना तो नहीं रही है?

पर मैं इस सूचना से बहुत विचलित नहीं हुआ था। नीलम लाहौर में पढ़ती थी और वाङ्चू सारनाथ में रहता था और अब वह हफ्ते भर में श्रीनगर से वापस जाने वाला था। इस प्रेम का अंकुर अपने आप ही जल भुन जाएगा।

—नीलम, ये झूमर तो तुमने उससे ले लिए हैं, पर इस प्रकार की दोस्ती अन्त में उसके लिए दुःखदायी होगी। बने-बनायेगा कुछ नहीं?

—वाह भैया, तुम भी कैसे दकियानूसी हो! मैंने भी चमड़े का एक राइटिंग पैड उसे उपहार में दिया है। मेरे पास पहले से पड़ा था, मैंने उसे दे दिया। जब लौटेगा, तो प्रेम-पत्र लिखने में उसे आसानी होगी।

—वह क्या कहता था?

—कहता क्या था, सारा वक्त उसके हाथ काँपते रहे और चेहरा कभी लाल होता रहा, कभी पीला। कहता था, मुझे पत्र लिखना, मेरे पत्रों का जवाब देना। और क्या कहेगा, बेचारा, भूरे कानों वाला!

मैंने ध्यान से नीलम की ओर देखा, पर उसकी आँखों में मुझे हँसी के अतिरिक्त कुछ दिखाई नहीं दिया। लड़कियाँ दिल की बात छुपाना खूब जानती हैं। मुझे लगा, नीलम, उसे बढ़ावा दे रही है। उसके लिए यह खिलवाड़ था, लेकिन वाङ्चू जरूर इसका दूसरा ही अर्थ निकालेगा।

इसके बाद मुझे लगा कि वाङ्चू अपना संतुलन खो रहा है। उसी रात मैं अपने कमरे की खिड़की के पास खड़ा बाहर मैदान में चिनारों की पाँत की ओर देख रहा था, जब चाँदनी में, कुछ दूरी पर पेड़ों के नीचे मुझे वाङ्चू टहलता दिखाई दिया। वह अक्सर रात को देर तक पेड़ों के नीचे टहलता रहता था। पर आज वह अकेला नहीं था। नीलम भी उसके साथ ठुमक-ठुमककर चलती जा रही थी। मुझे नीलम पर गुस्सा आया। लड़कियाँ कितनी जालिम होती हैं! यह जानते हुए भी कि इस खिलवाड़ से वाङ्चू की बेचैनी बढ़ेगी, वह उसे बढ़ावा दिए जा रही थी।

दूसरे रोज खाने की मेज पर नीलम फिर उसके साथ ठिठोली करने लगी। किचन में से एक चौड़ा-सा एल्युमीनियम का डिब्बा उठा लाई। उसका चेहरा तपे ताँबे जैसा लाल हो रहा था।

—आपके लिए रोटियाँ और आलू बना लाई हूँ। आम के अचार की फाँक भी रखी है। आप जानते हैं, फाँक किसे कहते हैं? एक बार कहो तो, 'फाँक! कहो वाङ्चू जी, फाँक!'

उसने नीलम की ओर खोई-खोई आँखों से देखा और बोला—बाँक! हम सभी खिलखिलाकर हँस पड़े।

—बाँक नहीं, फाँक!

—बाँक! फिर हँसी का फव्वारा फूट पड़ा।

नीलम ने डिब्बा खोला। उसमें से आम के अचार का टुकड़ा निकाल कर उसे दिखाते हुए बोली—यह है फाँक, फाँक इसे कहते हैं! और उसे वाङ्चू की

नाक के पास ले जाकर बोली—इसे सूँघने पर मुँह में पानी भर आता है। आया मुँह में पानी? अब कहो 'फाँक!'

—नीलम, क्या फिजूल बातें कर रही हो! बैठो आराम से! मैंने डाँटते हुए कहा।

नीलम बैठ गई, पर उसकी हरकतें बन्द नहीं हुईं। बड़े आग्रह से वाङ्चू से कहने लगी—बनारस जाकर हमें भूल नहीं जाइएगा! हमें खत जरूर लिखिएगा। और अगर किसी चीज की जरूरत हो, तो संकोच नहीं कीजिएगा।

वाङ्चू शब्दों के अर्थ तो समझ लेता था, लेकिन उनके पीछे व्यंग्य की ध्वनि वह नहीं पकड़ पाता था। वह अधिकाधिक विचलित महसूस कर रहा था।

—भेड़ की खाल की जरूरत हो, या कोई नमदा, या अखरोट...

—नीलम!

—क्यों भैया, भेड़ की खाल पर बैठकर ग्रंथ बाचेंगे?

वाङ्चू के कान लाल होने लगे। शायद पहली बार उसे भास होने लगा था कि नीलम ठिठोली कर रही है। उसके कान सचमुच भूरे रंग के हो रहे थे, जिनका नीलम मजाक उड़ाया करती थी।

—नीलम जी, आप लोगों ने मेरा बड़ा अतिथि-सत्कार किया है। मैं बड़ा कृतज्ञ हूँ।

हम सब चुप हो गए। नीलम भी झेंप-सी गई। वाङ्चू ने जरूर ही उसकी ठिठोली को समझ लिया होगा। उसके मन को जरूर ठेस लगी होगी। पर मेरे मन में यह विचार भी उठा कि एक तरह से यह अच्छा ही है कि नीलम के प्रति उसकी भावना बदले, वरना उसे ही सबसे अधिक परेशानी होगी।

शायद वाङ्चू अपनी स्थिति को जानते-समझते हुए भी एक स्वाभाविक आकर्षण की चपेट में आ गया था। भावुक व्यक्ति का अपने पर कोई काबू नहीं होता। वह पछाड़ खाकर गिरता है, तभी अपनी भूल को समझ पाता है।

सप्ताह के अन्तिम दिनों में वह रोज कोई-न-कोई उपहार लेकर आने लगा। एक बार मेरे लिए भी एक चोगा ले आया और बच्चों की तरह जिद करने लगा कि मैं और वह अपना-अपना चोगा पहन कर एक साथ घूमने जाएँ। संग्रहालय में वह अब भी जाता था, दो-एक बार नीलम को भी अपने साथ ले गया था और लौटने पर सारी शाम नीलम बोधिसत्वों की खिल्ली उड़ाती रही थी। मैं मन-ही-मन नीलम के इस व्यवहार का स्वागत ही करता रहा, क्योंकि मैं नहीं

चाहता था कि वाङ्चू की कोई भावना हमारे घर में जड़ जमा पाए। सप्ताह बीत गया और वाङ्चू सारनाथ वापस लौट गया।

वाङ्चू के चले जाने के बाद उसके साथ मेरा सम्पर्क वैसा ही रहा, जैसा आमतौर पर एक परिचित व्यक्ति के साथ रहता है। गाहे-ब-गाहे कभी खत आ जाता कभी किसी आते-जाते व्यक्ति से उसकी सूचना मिल जाती। वह उन लोगों में से था, जो बरसों तक औपचारिक परिचय की परिधि पर डोलते रहते हैं, न परिधि लाँघकर अन्दर आते हैं और न ही पीछे हटकर आँखों से ओझल होते हैं। मुझे इतनी ही जानकारी रही कि उसकी समतल और बँधी-बँधाई दिनचर्या में कोई अन्तर नहीं आया। कुछ देर तक मुझे कौतूहल-सा बना रहा कि नीलम और वाङ्चू के बीच की बात आगे बढ़ी या नहीं, लेकिन लगा कि वह प्रेम भी वाङ्चू के जीवन पर हावी नहीं हो पाया।

महीने और साल बीत गए। हमारे देश में उन दिनों बहुत कुछ घट रहा था। आए दिन सत्याग्रह होते, बंगाल में दुर्भिक्ष फूटा, 'भारत छोड़ो' का आन्दोलन हुआ, सड़कों पर गोलियाँ चलीं, बम्बई में नाविकों का विद्रोह हुआ, देश में खूँरेजी हुई, फिर देश का बँटवारा हुआ और सारा वक्त वाङ्चू सारनाथ में ही बना रहा। वह अपने में सन्तुष्ट जान पड़ता था। कभी लिखता कि तन्त्र ज्ञान का अध्ययन कर रहा है, कभी पता चलता कि कोई पुस्तक की योजना बना रहा है।

इसके बाद मेरी मुलाकात वाङ्चू से दिल्ली में हुई। यह उन दिनों की बात है, जब चीन के प्रधानमन्त्री चू एन लाई भारत-यात्रा पर आने वाले थे। वाङ्चू अचानक सड़क पर मुझे मिल गया और मैं उसे अपने घर ले आया। मुझे अच्छा लगा कि चीन के प्रधानमन्त्री के आगमन पर वह सारनाथ से दिल्ली चला आया है। पर जब उसने मुझे बताया कि वह अपने अनुदान के सिलसिले में आया है और यहाँ पहुँचने पर उसे चू एन लाई के आगमन की सूचना मिली है, तो मुझे उसकी मनोवृत्ति पर अचम्भा हुआ। उसका स्वभाव वैसा का वैसा ही था। पहले की तरह हौले-हौले अपनी डेढ़ दाँत की मुस्कान मुस्कराता रहा। वैसा ही निश्चेष्ट, असंपृक्त। इस बीच उसने कोई पुस्तक अथवा लेखादि भी नहीं लिखे थे। मेरे पूछने पर इस काम में उसने कोई विशेष रुचि भी नहीं दिखाई। तन्त्र ज्ञान की चर्चा करते समय भी वह बहुत चहका नहीं। दो-एक ग्रंथ के बारे में बताता रहा, जिनमें से वह कुछ टिप्पणियाँ लेता रहा था। अपने किसी लेख की भी चर्चा उसने की, जिस पर वह अभी काम कर रहा था। नीलम के साथ उसकी चिट्ठी-पत्री चलती रही, उसने बताया, हालांकि नीलम कब की ब्याही जा चुकी थी और दो

बच्चों की माँ बन चुकी थी। समय की गति के साथ हमारी मूल धारणाएँ भले ही न बदलें पर उनके आग्रह में परिवर्तन होता रहता है। अपने अध्ययन आदि की भी उसने चर्चा की, वहाँ भी आग्रह और उत्सुकता में स्थिरता-सी आ गई थी। पहले जैसी भाव विह्वलता नहीं थी। बोधिसत्वों के पैरों पर अपने प्राण निछावर नहीं करता फिरता था। लेकिन अपने जीवन से सन्तुष्ट था। पहले की ही भाँति थोड़ा खाता, थोड़ा पढ़ता, थोड़ा भ्रमण करता और थोड़ा सोता था। और दूर लड़कपन के झुटपुटे में किसी भावावेश में चुने गए अपने जीवन-पथ पर कछुए की चाल मजे से चलता आ रहा था।

खाना खाने के बाद हमारे बीच बहस छिड़ गई—सामाजिक शक्तियों को समझे बिना तुम बौद्धधर्म को भी कैसे समझ पाओगे? ज्ञान का प्रत्येक क्षेत्र एक-दूसरे से जुड़ा है, जीवन से जुड़ा है। कोई चीज जीवन से अलग नहीं है। तुम जीवन से अलग होकर धर्म को भी कैसे समझ सकते हो?

कभी वह मुस्कराता, कभी सिर हिलाता और सारा वक्त दार्शनिकों की तरह मेरे चेहरे की ओर देखता रहा। मुझे लग रहा था कि मेरे कहे का उस पर कोई असर नहीं हो रहा, कि चिकने घड़े पर मैं पानी उँडेले जा रहा हूँ।

—हमारे देश में न सही, तुम अपने देश के जीवन में तो रुचि लो! इतना तो जानो-समझो कि वहाँ पर क्या हो रहा है!

इस पर भी सिर हिलाता और मुस्कराता रहा। मैं जानता था कि एक भाई को छोड़कर चीन में उसका कोई नहीं है। 1929 में वहाँ पर कोई राजनीतिक उथल-पुथल हुई थी, उसमें उसका गाँव जला डाला गया था और सब सगे-सम्बन्धी मर गए थे, या भाग गए थे। ले-देकर उसका एक भाई बचा था और वह पेकिंग के निकट किसी गाँव में रहता था। वर्षों से वाङ्चू का सम्पर्क उसके साथ टूट चुका था। वाङ्चू पहले अपने गाँव के स्कूल में पढ़ता रहा था, बाद में पेकिंग के एक विद्यालय में पढ़ने लगा था। वहीं से वह प्रोफेसर शान के साथ भारत चला आया था।

—सुनो, वाङ्चू भारत और चीन के बीच बन्द दरवाज़े अब खुल रहे हैं। अब दोनों देशों के बीच सम्पर्क स्थापित हो रहे हैं और इसका बड़ा महत्त्व है। अध्ययन का यही काम जो तुम अभी तक अलग-थलग करते रहे हो, वही अब तुम अपने देश के मान्य प्रतिनिधि के रूप में कर सकते हो। तुम्हारी सरकार तुम्हारे अनुदान का प्रबन्ध करेगी। अब तुम्हें अलग-थलग पड़े नहीं रहना पड़ेगा। तुम पन्द्रह साल से अधिक समय से भारत में रह रहे हो, अँग्रेज़ी और हिन्दी

भाषाएँ जानते हो, बौद्ध ग्रन्थों का अध्ययन करते रहे हो, तुम दोनों देशों के सांस्कृतिक सम्पर्क में एक बहुमूल्य कड़ी बन सकते हो...

उसकी आँखों में हल्की-सी चमक आई। सचमुच उसे कुछ सुविधाएँ मिल सकती थीं। क्यों न उनसे लाभ उठाया जाए? दोनों देशों के बीच पाई जाने वाली सद्भावना से वह भी प्रभावित हुआ था। उसने बताया कि कुछ ही दिनों पहले अनुदान की रकम लेने जब वह बनारस में गया तो सड़कों पर राह चलते लोग उससे गले मिल रहे थे। मैंने उसे मशवरा दिया कि कुछ समय के लिए जरूर अपने देश लौट जाए और वहाँ होने वाले विराट परिवर्तनों को देखे और समझे, कि सारनाथ में अलग-थलग बैठे रहने से उसे कुछ लाभ नहीं होगा, आदि-आदि।

वह सुनता रहा, सिर हिलाता और मुस्कराता रहा, लेकिन मुझे कुछ मालूम नहीं हो पाया कि उस पर कोई असर हुआ है या नहीं।

लगभग छह महीने बाद उसका पत्र आया कि वह चीन जा रहा है। मुझे बड़ा सन्तोष हुआ। अपने देश में जाएगा, तो धोबी के कुत्ते वाली उसकी स्थिति खत्म होगी, कहीं का होकर तो रहेगा। उसके जीवन में नई स्फूर्ति आएगी। उसने लिखा कि वह अपनी एक ट्रंक सारनाथ में छोड़े जा रहा है, जिसमें उसकी कुछ किताबें और शोध के कागज आदि रखे हैं, कि बरसों तक भारत में रह चुकने के बाद वह अपने को भारत का ही निवासी मानता है, कि वह शीघ्र ही लौट आएगा और फिर अपना अध्ययन कार्य करने लगेगा। मैं मन-ही-मन हँस दिया, एक बार अपने देश में गया, तो लौटकर यहाँ नहीं आने का।

चीन में वह लगभग दो वर्षों तक रहा। वहाँ से उसने मुझे पेकिंग के प्राचीन राजमहल का चित्र कार्ड भेजा, दो-एक पत्र भी लिखे। पर उनसे उसकी मनःस्थिति के बारे में कोई विशेष जानकारी नहीं मिली।

उन दिनों चीन में भी बड़े वलवले उठ रहे थे, बड़ा जोश था और उस जोश की लपेट में लगभग सभी लोग थे। जीवन नई करवट ले रहा था। लोग काम करने जाते, तो टोलियाँ बनाकर, गाते हुए लाल ध्वज हाथ में उठाए हुए। वाङ्चू सड़क के किनारे खड़ा उन्हें देखता रह जाता। अपने संकोची स्वभाव के कारण वह टोलियों के साथ गाते हुए जा तो नहीं सकता था, लेकिन उन्हें जाते देखकर हैरान-सा खड़ा रहता, मानो किसी दूसरी दुनिया में पहुँच गया हो।

उसे अपना भाई तो नहीं मिला, लेकिन एक पुराना अध्यापक, दूर-पार की उसकी मौसी और दो-एक परिचित मिल गए थे। वह अपने गाँव गया। गाँव में बहुत कुछ बदल गया था। स्टेशन से घर की ओर जाते हुए उसका एक सहयात्री

उसे बताने लगा—वहाँ, उस पेड़ के नीचे, जमींदार के सभी कागज सभी दस्तावेज जला डाले गए थे और जमींदार हाथ बाँधे खड़ा रहा था।

वाङ्चू ने बचपन में जमींदार का बड़ा घर देखा था, उसकी रंगीन खिड़कियाँ उसे अभी भी याद थीं। दो-एक बार जमींदार की बग्घी को भी कस्बे की सड़कों पर जाते देखा था। अब वह घर ग्राम-प्रशासन केन्द्र बना हुआ था। और भी बहुत कुछ बदला था। पर यहाँ पर भी उसके लिए वैसी ही स्थिति थी, जैसी भारत में रही थी। उसमे मन में उछाह नहीं उठता था। दूसरों का उत्साह उसके दिल पर से फिसल-फिसल जाता था। वह यहाँ भी दर्शक ही बना घूमता था। शुरू-शुरू के दिनों में उसकी आवभगत भी हुई। उसके पुराने अध्यापक की पहलकदमी पर उसे स्कूल में आमंत्रित किया गया। भारत-चीन सांस्कृतिक सम्बन्धों की महत्त्वपूर्ण कड़ी के रूप में उसे सम्मानित किया गया। वहाँ वाङ्चू देर तक लोगों को भारत के बारे में बताता रहा। लोगों ने तरह-तरह के सवाल पूछे, रीति-रिवाज के बारे में, तीर्थों, मेलों, पर्वों के बारे में। वाङ्चू केवल उन्हीं प्रश्नों का संतोषप्रद उत्तर दे पाता, जिनके बारे में वह अपने अनुभव के आधार पर कुछ जानता था। लेकिन बहुत कुछ ऐसा था, जिसके बारे में भारत में रहते हुए भी वह कुछ नहीं जानता था।

कुछ दिनों बाद चीन में 'बड़ी छलांग' की मुहिम जोर पकड़ने लगी। उसके गाँव में भी लोग लोहा इकट्ठा कर रहे थे। एक दिन सुबह उसे भी रद्दी लोहा बटोरने के लिए एक टोली के साथ भेज दिया गया था। दिन भर वह लोगों के साथ रहा था। एक नया उत्साह चारों ओर व्याप रहा था। एक-एक लोहे का टुकड़ा लोग बड़े गर्व से दिखा-दिखाकर ला रहे थे और साझे ढेर पर डाल रहे थे। रात के वक्त आग के लपलपाते शोलों के बीच उसको पिघलाया जाने लगा। आग के इर्द-गिर्द बैठे लोग क्रांतिकारी गीत गा रहे थे। सभी लोग एक स्वर में सहगान में भाग ले रहे थे अकेला वाङ्चू मुँह बाए बैठा था।

चीन में रहते, धीरे-धीरे वातावरण में तनाव-सा आने लगा और एक झुटपुटा-सा घिरने लगा। एक रोज एक आदमी नीले रंग का कोट और नीले ही रंग की पतलून पहने उसके पास आया और उसे अपने साथ ग्राम प्रशासन केन्द्र में लिवा ले गया। रास्ते-भर वह आदमी चुप रहा। केन्द्र में पहुँचने पर उसने पाया कि एक बड़े-से कमरे में पाँच व्यक्तियों का एक दल मेज के पीछे बैठा उसकी राह देख रहा था।

जब वाङ्चू उनके सामने बैठ गया, तो वे बारी-बारी से उसके भारत निवास

के बारे में सवाल पूछने लगे—तुम भारत में कितने वर्षों तक रहे?...वहाँ क्या करते थे?...कहाँ-कहाँ घूमे? आदि-आदि। फिर बौद्ध धर्म के प्रति वाङ्चू की जिज्ञासा के बारे में जानकर उनमें से एक व्यक्ति बोला—तुम क्या सोचते हो, बौद्ध-धर्म का भौतिक आधार क्या है?

सवाल वाङ्चू की समझ में नहीं आया। उसनें आँखें मिचमिचाईं।

—द्वन्द्वात्मक भौतिकवादी की दृष्टि से तुम बौद्ध-धर्म को कैसे आँकते हो?

सवाल फिर भी वाङ्चू की समझ में नहीं आया, लेकिन उसने बुदबुदाते हुए उत्तर दिया—मनुष्य के आध्यात्मिक विकास में उसके सुख और शान्ति के लिए बौद्ध-धर्म का पथ-प्रदर्शन बहुत महत्त्वपूर्ण है। महाप्राण के उपदेश...

और वाङ्चू बोध-धर्म के आठ उपदेशों की व्याख्या करने लगा। वह अपना कथन अभी समाप्त नहीं कर पाया था जब प्रधान की कुर्सी पर बैठे पैनी तिरछी आँखों वाले एक व्यक्ति ने बात काटकर कहा—भारत की विदेश नीति के बारे में तुम क्या सोचते हो?

वाङ्चू मुस्कराया, अपनी डेढ़ दाँत की मुस्कान, फिर बोला—आप भद्रजन इस सम्बन्ध में ज्यादा जानते हैं। मैं तो साधारण बौद्ध जिज्ञासु हूँ पर भारत बड़ा प्राचीन देश है। उसकी संस्कृति शान्ति और मानवीय सद्भावना की संस्कृति है...

—नेहरू के बारे में तुम क्या सोचते हो?

—नेहरू को मैंने तीन बार देखा है। एक बार तो उनसे बातें भी की हैं। उन पर कुछ-कुछ पश्चिमी विज्ञान का प्रभाव अधिक है, परन्तु प्राचीन संस्कृति के वह भी बड़े प्रशंसक हैं।

उसके उत्तर सुनते हुए कुछ सदस्य तो सिर हिलाने लगे, कुछ का चेहरा तमतमाने लगा। फिर तरह-तरह के पैने सवाल पूछे जाने लगे। उन्होंने पाया कि जहाँ तक तथ्यों का और भारत के वर्तमान जीवन का सवाल है, वाङ्चू की जानकारी अधूरी और हास्यास्पद है।

—राजनीतिक दृष्टि से तो तुम शून्य हो! बौद्ध-धर्म की अवधारणाओं को भी समाजशास्त्र की दृष्टि से तुम आँक नहीं सकते। न जाने वहाँ बैठे क्या करते रहे हो! पर हम तुम्हारी मदद करेंगे।

पूछताछ घण्टों तक चलती रही। पार्टी अधिकारियों ने उसे हिन्दी पढ़ाने का काम दे दिया, साथ ही पेकिंग के संग्रहालय में सप्ताह में दो दिन काम करने की भी इजाजत दे दी।

जब वाङ्चू पार्टी दफ्तर से लौटा, तो थका हुआ था। उसका सिर भन्ना

रहा था। अपने देश में उसका दिल जम नहीं पाया था। आज वह और भी ज्यादा उखड़ा-उखड़ा महसूस कर रहा था। छप्पर के नीचे लेटा, तो उसे सहसा ही भारत की याद सताने लगी। उसे सारनाथ की अपनी कोठरी याद आई, जिसमें दिन-भर बैठा पोथी बाँचा करता था। नीम का घना पेड़ याद आया, जिसके नीचे कभी-कभी सुस्ताया करता था। स्मृतियों की शृंखला लम्बी होती गई। सारनाथ की कैंटीन का रसोइया याद आया, जो सदा प्यार से मिलता था, सदा हाथ जोड़कर 'कहो भगवन' कहकर अभिवादन करता था।

एक बार वाङ्चू बीमार पड़ गया था, तो दूसरे रोज कैंटीन का रसोइया अपने-आप उसकी कोठरी में चला आया था...मैं भी कहूँ चीनी बाबू चाय पीने नहीं आए, दो दिन हो गए! पहले आते थे, तो दर्शन हो जाते थे। हमें खबर की होती, भगवन, तो हम डॉक्टर बाबू को बुला लाते...मैं भी कहूँ बात क्या है। फिर उसकी आँखों के सामने गंगा का तट आया, जिस पर वह घण्टों घूमा करता था। फिर सहसा दृश्य बदल गया और कश्मीर की झील आँखों के सामने आ गई और पीछे हिमाच्छादित पर्वत फिर नीलम सामने आई, उसकी खुली-खुली आँखें, मोतियों-सी झिलमिलाती दंतपंक्ति...उसका दिल बेचैन हो उठा।

ज्यों-ज्यों दिन बीतने लगे, भारत की याद उसे ज्यादा परेशान करने लगी। वह जल में से बाहर फेंकी हुई मछली की तरह तड़पने लगा। सारनाथ के विहार में सवाल-जवाब नहीं होते थे। जहाँ पड़े रहो, पड़े रहो। रहने के लिए कोठरी और भोजन का प्रबन्ध विहार की ओर से था। यहाँ पर नई दृष्टि से धर्मग्रन्थों को पढ़ने और समझने के लिए उसमें धैर्य नहीं था, जिज्ञासा भी नहीं थी। बरसों तक एक ही ढर्रे पर चलते रहने के कारण वह परिवर्तन से कतराता था। इस बैठक के बाद वह फिर से सकुचाने सिमटने लगा था। कहीं-कहीं पर उसे भारत सरकार-विरोधी वाक्य भी सुनने को मिलते। सहसा वाङ्चू बेहद अकेला महसूस करने लगा और उसे लगा कि जिन्दा न रह पाने के लिए उसे अपने लड़कपन के उस दिवास्वप्न में फिर से लौट जाना होगा, जब वह बौद्ध भिक्षु बनकर भारत में विचरने की कल्पना किया करता था।

उसने सहसा भारत लौटने की ठान ली। लौटना आसान नहीं था। भारतीय दूतावास से तो वीसा मिलने में कठिनाई नहीं हुई, लेकिन चीन की सरकार ने बहुत-से एतराज उठाए। वाङ्चू की नागरिकता का सवाल था, और अनेक सवाल थे। पर भारत और चीन के सम्बन्ध अभी तक बहुत बिगड़े नहीं थे, इसलिए अन्त में वाङ्चू को भारत लौटने की इजाजत मिल गई। उसने मन-ही-मन निश्चिय

कर लिया कि वह भारत में ही अब जिन्दगी के दिन काटेगा। बौद्ध भिक्षु बने रहना उसकी नियति थी।

जिस रोज वह कलकत्ता पहुँचा, उसी रोज सीमा पर चीनी और भारतीय सैनिकों के बीच मुठभेड़ हुई थी और दस भारतीय सैनिक मारे गए थे। उसने पाया कि लोग घूर-घूर कर उसकी ओर देख रहे हैं। वह स्टेशन के बाहर अभी निकला ही था, जब दो सिपाही आकर उसे पुलिस के दफ्तर में ले गए और वहाँ घण्टे भर एक अधिकारी उसके पासपोर्ट और कागजों की छानबीन करता रहा।

—दो बरस पहले आप चीन गए थे। वहाँ जाने का क्या प्रयोजन था।

—मैं बहुत बरस तक यहाँ रहता रहा था, कुछ समय के लिए अपने देश जाना चाहता था। पुलिस-अधिकारी ने उसे सिर से पैर तक देखा। वाङ्चू आश्वस्त था और मुस्करा रहा था—वही टेढ़ी-सी मुस्कान।

—आप वहाँ पर क्या करते रहे?

—वहाँ एक कम्यून में मैं खेती-बारी की टोली में काम करता था।

—मगर आप तो कहते हैं कि आप बौद्ध ग्रन्थ पढ़ते हैं?

—हाँ, पेकिंग में मैं एक संस्था में हिन्दी पढ़ाने लगा था और पेकिंग म्यूजियम में मुझे काम करने की इजाजत मिल गई थी।

—अगर इजाजत मिल गई थी तो आप अपने देश से भाग क्यों आए? पुलिस अधिकारी ने गुस्से में कहा।

वाङ्चू क्या जवाब दे? क्या कहे?

—मैं कुछ समय के लिए ही वहाँ गया था, अब लौट आया हूँ...

पुलिस अधिकारी ने फिर से सिर से पाँव तक उसे घूरकर देखा। उस की आँखों में संशय उभर आया था। वाङ्चू अटपटा-सा महसूस करने लगा। भारत में पुलिस अधिकारियों के सामने खड़े होने का उसका पहला अनुभव था। उससे जामिनी के लिए पूछा गया, तो उसने प्रोफेसर तान शान का नाम लिया, फिर गुरुदेव का, पर दोनों मर चुके थे। उसने सारनाथ की संस्था के मंत्री का नाम लिया, शान्तिनिकेतन के पुराने दो-एक सहयोगियों के नाम लिए, जो उसे याद थे। सुपरिटेण्डेण्ट ने सभी नाम और पते नोट कर लिए। उसके कपड़ों की तीन बार तलाशी ली गई। उसकी डायरी को रख लिया गया, जिसमें उसने अनेक उद्धरण और टिप्पणियाँ लिख रखे थे। और सुपरिटेण्डेण्ट ने उसके नाम के आगे टिप्पणी लिख दी कि इस आदमी पर नजर रखने की जरूरत है।

रेल के डिब्बे में बैठा, तो मुसाफिर गोली-काण्ड की चर्चा कर रहे थे। उसे बैठते देख सब चुप हो गए और उसकी ओर घूरने लगे।

कुछ देर बाद जब मुसाफिरों ने देखा कि वह थोड़ी-बहुत बंगाली और हिन्दी बोल लेता है, तो एक बंगाली बाबू उचककर खड़े हुए और हाथ झटक-झटककर कहने लगे—या तो कहो कि तुम्हारे देश वालों ने विश्वासघात किया है, नहीं तो हमारे देश से निकल जाओ...निकल जाओ...निकल जाओ...!

डेढ़ दाँत की मुस्कान जाने कहाँ ओझल हो चुकी थी। उसकी जगह चेहरे पर त्रास उतर आया था। भयाकुल और मौन, वाङ्चू चुपचाप बैठा रहा। कहे भी तो क्या कहे? गोली काण्ड के बारे में जानकर उसे भी गहरा धक्का लगा था। उस झगड़े के कारण के बारे में उसे कुछ भी स्पष्टतः मालूम नहीं था। और वह जानना चाहता भी नहीं था।

हाँ, सारनाथ में पहुँचकर वह सचमुच भावविह्वल हो उठा। अपना थैला रिक्शा में रखे जब वह आश्रम के निकट पहुँचा, तो कैंटीन का रसोइया सचमुच लपककर बाहर निकल आया—आ गए भगवन? आ गए मेरे चीनी बाबू! बहुत दिनों बाद दर्शन दिए! हम भी कहें, इतना अरसा हो गया, चीनी बाबू नहीं लौटे! और कहिए, सब कुशल-मंगल है? आप यहाँ नहीं थे, हम कहें, जाने कब लौटेंगे! यहाँ पर थे दिन में दो बातें हो जाती थीं, भले आदमी के दर्शन हो जाते थे। इसमें बड़ा पुण्य होता है। और उसने हाथ बढ़ाकर थैला उठा लिया—हम दें पैसे, चीनी बाबू?

वाङ्चू को लगा, जैसे वह अपने घर पहुँच गया है।

—आपकी ट्रंक चीनी बाबू, हमारे पास रखी है। मन्त्री जी से हमने ले ली। आपकी कोठरी में एक दूसरे सज्जन रहने आए, तो हमने कहा, कोई चिन्ता नहीं, यह ट्रंक हमारे पास रख जाइए। और चीनी बाबू, आप अपना लोटा बाहर ही भूल गए थे? हमने मन्त्री जी से कहा, यह लोटा चीनी बाबू का है, हम जानते हैं, हमारे पास छोड़ जाइए।

वाङ्चू का दिल भर आया। उसे लगा जैसे उसकी डावांडोल जिन्दगी में सन्तुलन आ गया है। डगमगाती जीवन-नौका फिर से स्थिर गति से चलने लगी है।

मन्त्री जी भी स्नेह से मिले, पुरानी जान-पहचान के आदमी थे। उन्होंने एक कोठरी भी खोलकर दे दी, परन्तु अनुदान के बारे में कहा कि उसके लिए फिर से कोशिश करनी होगी। वाङ्चू ने फिर से कोठरी के बीचोंबीच चटाई बिछा

ली, खिड़की के बाहर वही दृश्य फिर से उभर आया। खोया हुआ जीव अपने स्थान पर लौट आया।

तभी मुझे उसका पत्र मिला कि वह भारत लौट आया है और फिर से जमकर बौद्ध ग्रन्थों का अध्ययन करने लगा है। उसने यह भी लिखा कि उसे मासिक अनुदान के बारे में थोड़ी चिन्ता है और इस सिलसिले में मैं बनारस में यदि अमुक सज्जन को पत्र लिख दूँ तो अनुदान मिलने में सहायता होगी।

पत्र पाकर मुझे खटका हुआ। कौन-सी मृगतृष्णा इसे फिर से वापस खींच लाई है? यह लौट क्यों आया है? अगर कुछ दिन और वहाँ बना रहता, तो अपने लोगों के बीच इसका मन लगने लगता। पर किसी की सनक का कोई इलाज नहीं। अब जो लौट आया है तो क्या चारा है। मैंने 'अमुक' जी को पत्र लिख दिया और वाङ्चू के अनुदान का छोटा-मोटा प्रबन्ध हो गया।

पर वाङ्चू के लौटने के दसेक दिन बाद वह एक दिन प्रातः चटाई पर बैठा एक ग्रन्थ पढ़ रहा था और बार-बार पुलक रहा था, जब उसकी किताब पर किसी का साया पड़ा। उसने नजर उठाकर देखा, तो पुलिस का थानेदार खड़ा था, हाथ में एक पर्चा उठाए हुए था। वाङ्चू का दिल बैठ गया। अब यह कौन-सी नई परेशानी उठने वाली है? वाङ्चू को बनारस के बड़े पुलिस स्टेशन में बुलाया गया था। वाङ्चू का मन आशंका से भर उठा था।

तीन दिनों बाद वाङ्चू बनारस के पुलिस स्टेशन के बरामदे में बैठा था। उसी के साथ बेंच पर बड़ी उम्र का एक और चीनी व्यक्ति भी बैठा था, जो जूते बनाने का काम करता था आखिर बुलावा आया और वाङ्चू चिक उठाकर बड़े अधिकारी की मेज के सामने जा खड़ा हुआ।

—तुम चीन से कब लौटे?

वाङ्चू ने बता दिया।

—कलकत्ता में तुमने अपने बयान में कहा कि तुम शान्तिनिकेतन जा रहे हो, फिर तुम यहाँ क्यों चले आए? पुलिस को पता लगाने में बड़ी परेशानी उठानी पड़ी है।

—मैंने दोनों स्थानों के बारे में कहा था। शान्तिनिकेतन तो मैं केवल दो दिन के लिए जाना चाहता था।

—तुम चीन से क्यों लौट आए?

—मैं भारत में रहना चाहता हूँ...! उसने पहले का जवाब दोहरा दिया।

—जो लौट आना था तो गए क्यों थे?

यह सवाल वह बहुत बार पहले भी सुन चुका था। जवाब में बौद्ध ग्रन्थों का हवाला देने के अतिरिक्त उसे कोई और उत्तर नहीं सूझ पाता था।

बहुत लम्बी इन्टरव्यू नहीं हुई। वाङ्चू को हिदायत दी गई कि हर महीने के पहले सोमवार को बनारस के बड़े पुलिस स्टेशन में उसे आना होगा और अपनी हाजिरी लिखानी होगी।

वाङ्चू बाहर आ गया, पर खिन्न-सा महसूस करने लगा। महीने में एक बार आना कोई बड़ी बात नहीं थी, लेकिन वह उसके समतल जीवन में बाधा थी, व्यवधान था।

वाङ्चू मन-ही-मन इतना खिन्न महसूस कर रहा था कि बनारस से लौटने के बाद कोठरी में जाने की बजाय वह सबसे पहले उस नीरव पुण्य-स्थान पर जाकर बैठ गया, जहाँ शताब्दियों पहले महाप्राण ने अपना पहला प्रवचन किया था, और देर तक बैठा मनन करता रहा। बहुत देर बाद उसका मन फिर से ठिकाने पर आने लगा और दिल में फिर से भावना की तरंगें उठने लगीं।

पर वाङ्चू को चैन नसीब नहीं हुआ। कुछ ही दिन बाद सहसा चीन और भारत के बीच जंग छिड़ गई। देश-भर में जैसे तूफान उठ खड़ा हुआ। उसी रोज शाम को कुछ पुलिस अधिकारी एक जीप में आए और वाङ्चू को हिरासत में लेकर बनारस चले गए। सरकार यह न करती तो और क्या करती? शासन करने वालों को इतनी फुरसत कहाँ कि संकट के समय संवेदना और सद्भावना के साथ दुश्मन के एक-एक नागरिक की स्थिति की जाँच करते फिरें।

दो दिनों तक दोनों चीनियों को पुलिस स्टेशन की एक कोठरी में रखा गया। दोनों के बीच किसी बात में भी समानता नहीं थी। जूते बनाने वाला चीनी सारा वक्त सिगरेट फूँकता रहता और घुटनों पर कोहनियाँ टिकाए बड़बड़ाता रहता, जबकि वाङ्चू उद्भ्रान्त और निढाल-सा दीवार के साथ पीठ लगाए बैठा शून्य में देखता रहता।

जिस समय वाङ्चू अपनी स्थिति को समझने की कोशिश कर रहा था, उसी समय दो-तीन कमरे छोड़कर पुलिस सुपरिटेण्डेण्ट की मेज पर उसकी छोटी-सी पोटली की तलाशी ली जा रही थी। उसकी गैर मौजूदगी में पुलिस के सिपाही कोठरी में से उसकी ट्रंक उठा लाए थे। सुपरिटेण्डेण्ट के सामने कागजों का पुलिन्दा रखा था, जिस पर कहीं पाली में तो कहीं संस्कृत भाषा में उद्धरण लिखे थे, लेकिन बहुत-सा हिस्सा चीनी भाषा में था। साहब कुछ देर तक तो कागजों को उलटते-पलटते रहे, रोशनी के सामने रखकर उनमें लिखी किसी गुप्त भाषा को ढूँढ़ते भी रहे,

अन्त में उन्होंने हुक्म दिया कि कागजों के पुलिन्दे को बाँधकर दिल्ली के अधिकारियों के पास भेज दिया जाए, क्योंकि बनारस में कोई आदमी चीनी भाषा नहीं जानता था।

पाँचवें दिन लड़ाई बन्द हो गई, लेकिन वाङ्चू को सारनाथ लौटने की इजाजत एक महीने के बाद मिली। चलते समय जब उसे उसकी ट्रंक दी गई और उसने उसे खोलकर देखा, तो सकते में आ गया। उसके कागज उसमें नहीं थे, जिन पर वह बरसों से अपनी टिप्पणियाँ और लेखादि लिखता रहा था और जो एक तरह से उसके सर्वस्व थे। पुलिस-अधिकारी के कहने पर कि उन्हें दिल्ली भेज दिया गया है, वह सिर से पैर तक काँप उठा था।

—वे मेरे कागज आप मुझे दे दीजिए। उन पर मैंने बहुत कुछ लिखा है, वे बहुत जरूरी हैं।

इस पर अधिकारी रुखाई से बोला—मुझे उन कागजों का क्या करना है, आपके हैं, आपको मिल जाएंगे। और उसने वाङ्चू को चलता किया। वाङ्चू अपनी कोठरी में लौट आया। अपने कागजों के बिना वह अधमरा सा हो रहा था। न पढ़ने में मन लगता, न कागजों पर नए उद्धरण उतारने में। और फिर उस पर कड़ी निगरानी रखी जाने लगी थी। खिड़की से थोड़ा हटकर नीम के पेड़ के नीचे एक आदमी रोज बैठा नजर आने लगा। डण्डा हाथ में लिए वह कभी एक करवट बैठता, कभी दूसरी करवट। कभी उठकर डोलने लगता, कभी कुएँ की जगत पर जा बैठता, कभी कैंटीन की बेंच पर आ बैठता, कभी गेट पर जा खड़ा होता। इसके अतिरिक्त अब वाङ्चू को महीने में एक बार के स्थान पर सप्ताह में एक बार बनारस में हाजिरी लगवाने जाना पड़ता था।

तभी मुझे वाङ्चू की चिट्ठी मिली। सारा ब्यौरा देने के बाद उसने लिखा कि बौद्ध विहार का मन्त्री बदल गया है और नए मन्त्री को चीन से नफरत है और वाङ्चू को डर है कि अनुदान मिलना बन्द हो जाएगा। दूसरे, कि मैं जैसे भी हो, उसके कागजों को बचा लूँ। जैसे भी बन पड़े, उन्हें पुलिस के हाथों से निकलवाकर सारनाथ में उसके पास भिजवा दूँ। और अगर बनारस के पुलिस स्टेशन में प्रति सप्ताह पेश होने की बजाय उसे महीने में एक बार जाना पड़े, तो उसके लिए सुविधाजनक होगा, क्योंकि इस तरह महीने में लगभग दस रुपए आने-जाने में लग जाते हैं और फिर काम में मन ही नहीं लगता, सिर पर तलवार टँगी रहती है।

वाङ्चू ने पत्र तो लिख दिया, लेकिन उसने यह नहीं सोचा कि मुझ जैसे आदमी से यह काम नहीं हो पाएगा। हमारे यहाँ कोई काम बिना जान पहचान और सिफारिश के नहीं हो सकता। और मेरे परिचय का बड़े-से-बड़ा आदमी मेरे कालेज का प्रिंसीपल था। फिर भी मैं कुछेक संसद-सदस्यों के पास गया, एक ने दूसरे की ओर भेजा, दूसरे ने तीसरे की ओर। मैं भटक-भटककर लौट आया। आश्वासन तो बहुत मिले, पर सब यही पूछते—वह चीन जो गया था, वहाँ से लौट क्यों आया? या फिर पूछते—पिछले बीस साल से अध्ययन ही कर रहा है?

पर जब मैं उसकी पाण्डुलिपियों का जिक्र करता, तो सभी यही कहते—हाँ, यह तो कठिन नहीं होना चाहिए। और सामने रखे कागज पर कुछ नोट कर लेते। इस तरह के आश्वासन मुझे बहुत मिले, सभी सामने रखे कागज पर मेरा आग्रह नोट कर लेते। पर सरकारी काम के रास्ते चक्रव्यूह के रास्तों के समान होते हैं और हर मोड़ पर कोई न कोई आदमी तुम्हें तुम्हारी हैसियत का बोध कराता रहता है। मैंने जवाब में उसे अपनी कोशिशों का पूरा ब्यौरा दिया। यह भी आश्वासन दिया कि मैं फिर से लोगों से मिलूँगा, पर साथ ही मैंने यह भी सुझाव दिया कि जब स्थिति बेहतर हो जाए, तो वह अपने देश वापस लौट लाए, कि उसके लिए यही बेहतर है।

खत से उसके दिल की क्या प्रतिक्रिया हुई, मैं नहीं जानता। उसने क्या सोचा होगा? पर उन तनाव के दिनों में जब मुझे स्वयं चीन के व्यवहार पर गुस्सा आ रहा था, मैं वाङ्चू की स्थिति को बहुत सहानुभूति के साथ नहीं देख सकता था।

उसका फिर एक खत आया। उसमें चीन लौट जाने का कोई जिक्र नहीं था। उसमें केवल अनुदान की चर्चा की गई थी। अनुदान की रकम अभी भी चालीस रुपए ही थी, लेकिन उसे पूर्व सूचना दे दी गई थी कि साल खत्म होने पर उस पर फिर से विचार किया जाएगा कि वह मिलती रहेगी, या बन्द कर दी जाएगी।

लगभग साल-भर बाद वाङ्चू को एक पुर्जा मिला कि तुम्हारे कागज वापस किए जा सकते हैं, कि तुम पुलिस स्टेशन आकर उन्हें ले जा सकते हो। उन दिनों वह बीमार पड़ा था, लेकिन बीमारी की हालत में भी वह गिरता-पड़ता बनारस पहुँचा। लेकिन उसके हाथ एक-तिहाई कागज लगे। पोटली अभी भी अधखुली थी। वाङ्चू को पहले तो यकीन नहीं आया, फिर उसका चेहरा जर्द पड़ गया

और हाथ-पैर काँपने लगे। इस पर थानेदार रुखाई के साथ बोला—हम कुछ नहीं जानते। इन्हें उठाओ और यहाँ से ले जाओ, वरना इधर लिख दो कि हम लेने से इन्कार करते हैं।

काँपती टाँगों से वाङ्चू पुलिन्दा बगल में दबाए लौट आया। कागजों में केवल एक पूरा निबन्ध और कुछ टिप्पणियाँ बची थीं।

उसी दिन से वाङ्चू की आँखों के सामने धूल उड़ने लगी थी।

× × ×

वाङ्चू की मौत की खबर मुझे महीने भर बाद मिली, वह भी बौद्ध विहार के मन्त्री की ओर से कि मरने से पहले वाङ्चू ने आग्रह किया था कि उसकी छोटी-सी ट्रंक और गिनी-चुनी किताबें मुझे पहुँचा दी जाएँ।

उम्र के इस हिस्से में पहुँचकर इनसान बुरी खबरें सुनने का आदी हो जाता है और वे दिल पर गहरा आघात नहीं करतीं।

मैं फौरन तो सारनाथ नहीं जा पाया, जाने में कोई तुक भी नहीं थी, क्योंकि वहाँ वाङ्चू का कौन बैठा था, जिसके सामने अफसोस करता, वहाँ तो केवल ट्रंक ही रखी थी। पर कुछ दिनों बाद मौका मिलने पर मैं गया। मन्त्री जी ने वाङ्चू के प्रति सद्भावना के शब्द कहे—बड़ा नेकदिल आदमी था, सच्चे अर्थों में बौद्ध भिक्षु था, आदि-आदि। मेरे दस्तखत लेकर उन्होंने ट्रंक मेरे हवाले की। ट्रंक में वाङ्चू के कपड़े थे, वह फटा-पुराना चोंगा था, जो किसी जमाने में उसने श्रीनगर में खरीदा था। छोटा-सा कामदार चमड़े का पैड था, जो नीलम ने उसे उपहारस्वरूप दिया था। तीन-चार किताबें थीं, पाली की और संस्कृत की। चिट्ठियाँ थीं, जिनमें कुछ चिट्ठियाँ मेरी, और कुछ नीलम की रही होंगी, कुछ और लोगों की।

ट्रंक उठाए मैं बाहर की ओर जा रहा था, जब मुझे अपने पीछे कदमों की आहट मिली। मैंने मुड़कर देखा, कैंटीन का रसोइया भागता चला आ रहा था। अपने पत्रों में अक्सर वाङ्चू उसका जिक्र किया करता था।

बाबू आपकी बहुत याद करते थे। मेरे साथ आपकी चर्चा बहुत करते थे। बहुत भले आदमी थे...

और उसकी आँखें डबडबा आईं। सारे संसार में शायद यही अकेला जीव था, जिसने वाङ्चू की मौत पर दो आँसू बहाए थे।

—बड़ी भोली तबियत थी। बेचारे को पुलिस वालों ने बहुत परेशान किया। शुरू-शुरू में तो चौबीस घण्टे की निगरानी रहती थी। मैं उस हवलदार से कहूँ

भैया, तू क्यों इस बेचारे को परेशान करता है? वह कहे, मैं तो ड्यूटी कर रहा हूँ...!

मैं ट्रंक और कागजों का पुलिन्दा ले आया हूँ। इस पुलिन्दे का क्या करूँ? कभी सोचता हूँ, इसे छपवा डालूँ। पर अधूरी पाण्डुलिपि को कौन छापेगा? पत्नी रोज बिगड़ती है कि मैं घर में कचरा भरता हूँ। दो-तीन बार वह फेंकने की धमकी भी दे चुकी है, पर मैं इसे छिपाता रहता हूँ। कभी किसी तख्ते पर रख देता हूँ, कभी पलंग के नीचे छिपा देता हूँ। पर मैं जानता हूँ, किसी दिन ये भी गली में फेंक दिए जाएँगे।

खिलौने

“यार, मुझे बीवी का हाथ बँटाना मंजूर है, लेकिन यह हाथ बँटाना नहीं है। इसे मैं हाथ बँटाना नहीं कहता। जिसे मैं हाथ बँटाना कहता हूँ, वह मेरी बीवी को मंजूर नहीं।”

उस वक्त वह रसोई घर में खड़ा प्याज छील रहा था और उसकी पत्नी उसी की बगल में खड़ी दाल में करछुल चला रही थी।

“हाथ बँटाने का मतलब है किचन का काम बाँट लिया जाए, कुछ काम वह करे, कुछ काम मैं करूँ, और चुपचाप दोनों अपना-अपना काम करते रहें।”

“भाभी क्या कहती हैं?” मैंने पूछा।

“वह चाहती है कि किचन में वह हुक्म चलाए और मैं हुक्म बजा लाऊँ। वह कहे, आलू छील दो तो मैं आलू छीलने लगूँ, वह कहे चिमटा पकड़ाओ और मैं भागकर चिमटा उठा लाऊँ। यह मुझे मंजूर नहीं।”

इस पर उसकी पत्नी कपड़े से हाथ पोंछती हुई हँसकर बोली, “काम तो सारा मुझे ही करना पड़ता है जी, बाँट दो तो भी, और नहीं बाँट दो तो भी। यह भुलक्कड़ आदमी हैं, करते कम हैं, बिगाड़ते ज्यादा हैं—जो कहो वही कर दें तो बड़ी बात है।

“लो सुनो, देख लिया? यह हमें हाथ बँटाने का इनाम मिल रहा है।”

इस पर वह हँसती हुई पति का ढाढ़स बँधाने लगी।

“नाराज हो गए? बात-बात पर तो यह मुँह फुला लेते हैं।” फिर पुचकारती हुई-सी बोली, “नहीं जी, इनकी बड़ी मदद है, यह न हों तो मैं कुछ भी नहीं कर सकूँ।”

“बस, यही मुझे मंजूर नहीं”, दिलीप बोला, “सारा काम भी करो और फिर भी यह कहे कि मैं केवल मदद कर रहा हूँ।”

“घर चलाती तो स्त्रियाँ ही हैं। तुम भले कितना काम करो, होगी तो आखिर मदद ही।”

मैंने चुटकी ली, और दिलीप के कन्धे पर हाथ रखकर बोला, ''तुम्हारी पोजीशन यही रहेगी मिस्टर, प्याज छीलना रसोई बनाना नहीं है, और तुम सदा प्याज ही छीलते रहोगे।''

घर में लगभग आधे घण्टे से बिजली बन्द थी और एक मोमबत्ती की टिमटिमाती रोशनी में वे दोनों रसोई बना रहे थे। मेरी पत्नी और मैं दहलीज के बाहर खड़े उनके साथ हँस-बतिया रहे थे।

''तुम जाओ जी, बाहर जाकर बैठो, इन्हें भी बैठाओ।'' दिलीप की पत्नी उसके हाथ से चाकू लेते हुए बोली, ''मैं सब देख लूँगी। अब थोड़ा-सा ही तो काम रह गया है।''

''हमारे बीच इस बात की भी होड़ लगी रहती है कि काम का क्रेडिट किसे मिलेगा, और किसे नहीं मिलेगा। अब अगर मैं प्याज छीलना छोड़ दूँ, तो यह सारे काम का क्रेडिट खुद ले जाएगी। कहेगी, सारा खाना तो मैंने बनाया है।''

''हमारे यहाँ भी यही हाल है,'' मैंने जोड़ा, ''औरतें रसोई घर में अपनी हुकूमत बनाए रखना चाहती हैं। पति सारा काम करता भी रहे फिर भी कहेंगी। थोड़ी-बहुत मदद करता है।''

इस पर बगल में खड़ी मेरी पत्नी झट से बोल उठी, ''तुम करते ही क्या हो? घर में सारा वक्त अखबार पढ़ते रहते हो। यहाँ भाई साहब मदद तो करते हैं।''

''फिर कहिए, फिर कहिए, भाभी जी,'' दिलीप चहक उठा, ''मैं तो चपातियाँ भी सेंकने लगा हूँ। कहो तो आज बनाकर खिला दूँ?''

''बहुत डींग नहीं मारो जी,'' दिलीप की पत्नी बोली, ''आटा गूँध लो, यह भी बड़ी बात है। चपाती बनाते हैं, लकड़ी की लकड़ी। दोनों तरफ से जली हुई।''

मुझे लगा दिलीप की पत्नी सचमुच खीझी हुई थी। दोनों हँसी-हँसी में ही थोड़ा तुनकने लगे थे। मुझे डर था, हमारे सामने उनके बीच झगड़ा न होने लगे। मियाँ-बीवी के बीच झगड़ा होते देर ही क्या लगती है। ऊपर से गर्मी का दिन था और बड़ी देर से बिजली बन्द थी। आग के सामने खड़ी वीणा की बुरी हालत हो रही थी। मकान-मालिक ने आधी ईंट की दीवार खींचकर खुली छत के एक कोने में रसोई घर बना दिया था और ऊपर टीन की छत डाल दी थी। दिन को भी झुलसो, रात को भी झुलसो।

''चलो, बाहर बैठो।'' स्थिति को बिगड़ता देख मैं दिलीप को बाहर ले आया।

''आप दोनों बाहर बैठो, मैं वीणा की मदद करूँगी,'' मेरी पत्नी ने कहा और रसोईघर के अन्दर घुस गई।

दिलीप और मैं बाहर आ गए। रसोईघर के बाहर खुली छत पर आकर बड़ी राहत मिली। तारों के नीचे हल्की-हल्की हवा बह रही थी। यों उसे छत का नाम देना छतों का अपमान करना था। जिस ऊँची दीवार के साथ सटकर बने तथाकथित रसोईघर में से हम निकलकर आए थे, उसी भीमकाय दीवार के सामने छत के दूसरे सिरे पर हम खाटों पर बैठ गए थे। यहाँ पर भी पीछे साथ वाले घर की दीवार थी, जो साढ़े-चार मंजिल था। इस तरह दिलीप के घर की छत दो ऊँची दीवारों के बीच फँसी थी। लेकिन फिर भी यहाँ कुछ-कुछ खुलेपन का भास ज़रूर होता था।

"यहाँ तो खूब मज़ा है।" मैंने कहा, "कम-से-कम हवा तो बह रही है। और ऊपर तारे जगमगा रहे हैं।"

इस पर दिलीप हँस दिया, "इस वक्त बिजली बन्द है, इसीलिए तुम्हें अच्छा लग रहा है। बिजली आ जाने दो, फिर देखना।"

"फिर क्या होगा?"

"फिर होगा यह कि सामने सड़क की बिजलियाँ भी जग जाएँगी, और सड़क के पीछे ऊँचाई पर सिनेमाघर है। उसकी चौंधियाती रोशनी आँखों में पड़ने लगेगी। और वह रोशनी रात भर आँखों में पड़ती रहती है। अगर इस ऊँची दीचार की तरफ मुँह करके लेटो तो डर लगता है। वीणा तो रात भर करवटें बदलती रहती है।" दिलीप अपना पसीना पोंछते हुए बोला, "माफ करना यार, तुम पहुँच गए। और हमारे यहाँ अभी खाना भी तैयार नहीं हुआ।" फिर अपनी सफाई देते हुए बोला, "दिल्ली में रहने का एक टण्टा थोड़े ही है। एक छोटी-सी चूक हो जाए तो सब काम चौपट हो जाता है वरना कभी ऐसा भी हुआ है कि मेहमान घर पर पहुँच जाएँ और अभी हम प्याज ही छील रहे हों।"

"हम तुम्हारे मेहमान तो नहीं हैं। तुम चिंता क्यों करते हो? बस, साढ़े-दस की बस पकड़वा दो, हमें और कुछ नहीं चाहिए। अगर वह बस निकल गई तो ज़रूर मुसीबत आएगी। लेकिन अभी बहुत वक्त है चिंता की कोई बात नहीं।"

"एक छोटी-सी चूक नहीं हो जाती तो सब काम ऐन समय पर हो जाता। पर क्या कहूँ, मैं फँस गया।"

"क्या हुआ?"

"आज मैं दफ्तर में से निकला तो पूरे साढ़े-चार बज रहे थे। रोज़ मेरा यही नियम होता है। साढ़े-चार बजे दफ्तर से निकलता हूँ, चार-चालीस की मुझे बस मिल जाती है। वहीं, दफ्तर के नज़दीक से ही चलती है। बस पकड़ने में

देरी हो जाए तो सब बण्टाधार हो जाता है। और मैं हाँफता हुआ घर पहुँचता हूँ। आज वही हुआ। दफ्तर के दरवाजे में से निकला तो तिलकराज मिल गया। ऐन दफ्तर के सामने से जा रहा था। और मुझ से नहीं रहा गया। मैं उसे आवाज़ दे बैठा। अब यह तो नहीं हो सकता कि दोस्त सामने से जा रहा हो और मैं मुँह फेर लूँ। पहले ही यहाँ किसी के घर आना-जाना नहीं हो पाता। मुझे किसी ने कहा था कि तिलकराज बीमार रह चुका है। मैंने सोचा, चलते-चलते ही बीमार-पुर्सी भी हो जाएगी और मिलने का गिला भी खत्म हो जाएगा। पर ज्यों ही उसे बुलाया कि मेरा माथा ठनका, मन ने कहा भूल कर बैठे हो। आज का दिन किसी से मिलने का दिन नहीं है। घर पर मेहमान आ रहे हैं। जल्दी से जल्दी घर पहुँचो। पर अब क्या हो सकता है। दफ्तर से निकलो तो कोई दोस्त-यार सामने नहीं होना चाहिए। सीधा, आँखें बन्द करके बस स्टाप की ओर बढ़ जाना चाहिए। न दाएँ देखना चाहिए, न बाएँ। पर मैं यह सब जानते-समझते उसे आवाज़ दे बैठा था।

"फिर भी, उस हड़बड़ी में मैंने सोचा, तिलकराज से हाथ मिलाऊँगा, माफी मागूँगा और आगे बढ़ जाऊँगा। पर उस पट्ठे ने मिलते ही छाती से लगा लिया और फूट-फूटकर रोने लगा। वह पहले ही जैसे भरा बैठा था। उसके छाती से लगाने की देर थी कि मेरा भी दिल भर आया। मैंने मन में कहा, ऐसी की तैसी बस की, नहीं हुआ तो स्कूटर कर लूँगा। वर्षों के बाद तिलकराज मिल रहा है। इसे यहाँ छोड़ दूँ और बस पर जा चढ़ूँ? तिलकराज तो जैसे तरसा बैठा था। पता चला कि इस बीच उसकी बीवी चल बसी थी और इसका मुझे पता ही नहीं चला था। अब मैं क्या कहूँ? मैं तिलकराज का मुँह देख रहा था और वह मेरे सामने खड़ा रोए जा रहा था, और उधर बस निकली जा रही थी। यहाँ वर्षों बीत जाते हैं, किसी से मेल-मुलाकात नहीं होती, और जब मिलते हैं तो जिंदगी एक और करवट बदल चुकी होती है। पिछली बार तिलकराज मिला था तो उसके घर में दूसरी बेटी हुई थी, अब की मिला तो बीवी को मरे चार महीने बीत चुके थे। सच पूछो तो अब तो मैं किसी परिचित से मिलने से भी घबराता हूँ। आँख चुराकर निकल जाना चाहता हूँ। लगता है मिलूँगा तो एक और फर्ज का बोझ सिर पर चढ़ा जाएगा और मन को कचोटने लगा। उसके सामने खड़े रहते भी मेरे मन में एक बार झंझोड़ता-सा विचार आया कि अभी भी वक्त है, निकल चलो, बस पकड़ लोगे।..."

"ऐसी भी क्या मारामारी थी यार," मैंने कहा, "हम घर के आदमी ही तो हैं। देर हो गई तो क्या हुआ।"

"मैं तुम्हारा कहाँ सोच रहा था यार, मैं तो पप्पू का सोच रहा था। पप्पू स्कूल से लौटकर सड़क पर डोलता रहता है। वीणा को तो घर पहुँचते-पहुँचते छह बज जाते हैं।"

"फिर?"

"फिर क्या? मेरे मुँह से निकल ही गया। मैंने कहा, जल्दी ही हाजिर होऊँगा, तिलकराज, मुझे कुछ भी मालूम नहीं था...।"

"तुम जा रहे हो?" उसने जैसे सकते में आते हुए कहा। उसे उम्मीद नहीं थी कि उसके दुख में मैं इतनी रुखाई से पेश आऊँगा। बस, मैं ठिस हो गया और उसके पास खड़ा रहा और तभी ऐन मेरे सामने से बस निकल गई।"

"तुम बेकार की चिन्ता करते रहते हो। देर-सबेर हो ही जाती है।...पप्पू कहाँ हैं?'"

कुछ बिजली बन्द होने के कारण और कुछ दिलीप की बातों को सुनते हुए मैं पप्पू को भूल ही गया था। हम लोग बच्चे के लिए एक खिलौना खरीदकर लाए थे और चाहते थे उसे दे दें। लेकिन बच्चे को घर में न देखकर हम खिलौने को भी भूल गए थे।

"हमसायों के घर में है। हमें देर हो जाए तो वहाँ चला जाता है। अभी खाना तैयार हो जाए तो उसे बुला लाऊँगा।"

रसोईघर में से दाल छौंकने की आवाज़ आई। साथ ही, दिलीप की पत्नी वीणा, किचन के दरवाजे में से ही खड़ी-खड़ी बोली, "मैं सोचती हूँ जी, तुम तन्दूर पर से ही रोटियाँ लगवा लाओ। देर बहुत हो रही है। घर पर रोटियाँ सेंकने में और देर हो जाएगी।"

थोड़ी देर बाद दोनों स्त्रियाँ रसोईघर में से बतियाती हुई निकलीं। वीणा कह रही थी : "आज दाल छौंकी है, यों तो मैं अलग से छौंकती भी नहीं। इतना टण्टा कौन करे। मैं तो दाल चूल्हे पर चढ़ाती हूँ तो साथ ही प्याज भी कुतरकर डाल देती हूँ, और अदरक, टमाटर, जो कुछ डालना हो, सभी कुछ उसी वक्त एक साथ डाल देती हूँ। अब कौन अलग से छौंकने बैठे। इतना वक्त किसके पास है।"

औरतें चहक सकती हैं। मर्द लोग सारा वक्त झींकते-झुंझलाते रहते हैं। राजनीति की बातें करेंगे, सयासतदानों को बुरा-भला कहेंगे, उनकी नज़रों में सभी कुछ गर्त में जा रहा होता है। स्त्रियाँ छोटी-छोटी चीज़ों में से भी सुख के कण बीन लेती हैं। रसोई की बातें छोड़ेंगी तो बच्चों की बातें ले बैठेंगी। बच्चों की छोड़ेंगी तो साड़ियों की चर्चा शुरू हो जाएगी। अकेली साड़ियों की ही चर्चा घण्टों

तक चल सकती है। और फिर निन्दा-प्रशंसा और किस्से और गप-शप, औरतें खुश रहना जानती हैं।

बाहर आई तो वीणा अपने पति की ओर देखकर बोली, ''हाय जी आप तो पप्पू को भूल ही गए। उसे लाओगे नहीं?''

''भूलूँगा क्यों? मैंने सोचा तुम रसोई कर लो तो उसे ले आऊँगा।''

''देर हो गई तो वह सो नहीं जाएगा?'' वीणा क्षुब्ध होकर बोली, ''दिन भर का भूखा बैठा है। यों भी हमसायों के घर अपने बच्चे को रोज़-रोज़ कौन छोड़ता है?''

''उनके घर बैठकर टेलीविजन ही देखता है और क्या करता है। चुपचाप बैठा होगा। तुमने उसे ऐसा सिखा रखा है कि कोई लाख बार भी कुछ खाने को कहे तो नहीं खाता। पानी तक तो पीता नहीं।''

दिलीप उठ खड़ा हुआ। ''लाओ, कटोरा दे दो, रोटियाँ भी लेता आऊँगा और पप्पू को भी ले आऊँगा।''

जब दिलीप सीढ़ियों की ओर जाने लगा तो वीणा बोली, ''अगर सो गया हो तो उसे जगाना नहीं। अब बहुत देर हो गई है। मैं सोए-सोए उसे थोड़ा-सा दूध पिला दूँगी। कटोरी भर दूध घर में रखा है।''

दिलीप सीढ़ियाँ उतर गया तो वीणा सुनाने लगी : ''एक बार इसी तरह हम लोग घर देर से पहुँचे। स्कूल की बस जहाँ पप्पू को उतारती है, उधर पास ही में एक दुकान है, पेरिस हाउस। मैंने पप्पू को समझा रखा है कि अगर पापा को देर हो जाए तो दुकान के चबूतरे पर बैठ जाया करे। मजाल है जो एक इंच भी इधर से उधर हो जाए। उस रोज हम चार घण्टे देर से पहुँचे। साए उतर आए थे और बत्तियाँ जल चुकी थीं। यह दिल में घबराए कि पप्पू न जाने कहाँ होगा। पर मैं इनसे कहूँ, जी, मैं अपने बच्चे को जानती हूँ, वह कहीं नहीं जाएगा। पप्पू सचमुच वहीं पर खड़ा था। बुत-का-बुत, भूखा-प्यासा, दुकान के चबूतरे पर खड़ा था। बल्कि हमसे दुकानदार कहने लगा, जी, आपका बेटा तो सच्चा योगी है। मैंने शीतल पेय की बोतल दी, इसने छुई तक नहीं। सारी दोपहर सामने बच्चे खेलते रहे, यह उन्हें चबूतरे पर खड़ा देखता रहा, उनके नज़दीक तक नहीं गया।''

''भूख-प्यास लगे तो क्या करता है?'' मैंने पूछा।

''मैं इसे सुबह साथ में सब कुछ दे देती हूँ। तीन सैण्डविच और एक केला। पानी की बोतल अलग से दे देती हूँ। दो सैण्डविच स्कूल में खा लेता है, एक सैण्डविच और केला रख छोड़ता है। वह स्कूल से लौटकर खाता है पानी भी

रखा होता है। मैंने इसे सिखा दिया है कि बाहर से कुछ भी लेकर नहीं खाए, और न ही किसी के साथ जाए।''

''सचमुच योगी है।''

''इतना तो सिखाना ही पड़ता है। इसके बिना चारा भी तो नहीं। आपकी बेटी तो अभी छोटी है, जब स्कूल जाने लगेगी तो आपको भी सब इन्तज़ाम करने पड़ेंगे। लड़कियों का ध्यान करना तो और भी मुश्किल होता है।''

''कौन-सी क्लास में पढ़ता है पप्पू?''

''अभी क्या पढ़ता है। पहली जमात में ही तो है।''

''बड़ा समझदार है,'' मैंने कहा, 'मेरे भाई का बेटा है, आफत है आफत। न माँ की सुनता है, न बाप की।''

थोड़ी देर बाद पप्पू को कन्धे के साथ लगाए दिलीप सीढ़ियाँ चढ़कर छत पर आया। दूसरे हाथ में रोटियों का डिब्बा उठाए हुए था। पप्पू गहरी नींद सो रहा था। उसे देखकर दिलीप की पत्नी आगे बढ़ आई और उसे बाँहों में लेने के लिए दोनों हाथ बढ़ा दिए।

''श श श श !'' दिलीप फुसफुसाकर बोला, ''सो गया है।''

''मुझे इसी बात का डर था।'' वीणा सिर झटककर बोली।

''अभी-अभी सोया है।'' दिलीप बच्चे को उठाए-उठाए ही धीमी आवाज़ में कहने लगा, 'वर्मा जी कह रहे थे, सारा वक्त टेलीविजन पर आँखें लगाए बैठा रहा। घर के लोग खाना खाने के लिए उठ गए, लेकिन यह वहीं जमकर बैठा टेलीविज़न देखता रहा।''

''हमसाये कभी सीधी बात कह जाएँ तो मानूँ,'' दिलीप की पत्नी ने कलपकर कहा, ''मैं नहीं चाहती यह वहाँ जाया करे, पर क्या करें। एक दिन जाता है तो दूसरे दिन वे जरूर कहते हैं, ''हम तो टेलीविजन नहीं देख रहे थे, तुम्हारा बेटा देख रहा था,'' फिर मेरी पत्नी की ओर देखकर बोली, ''बुढ़िया रांड अभी तो गहने बनवा रही है, लेकिन दिल चिड़ी जितना छोटा है।''

मेरी पत्नी ने मुझे इशारा किया कि थैले में से खिलौना निकाल लाऊँ। मैं संकोच में पड़ गया। इस समय खिलौना देना ठीक नहीं होगा। घर लौटते समय चुपचाप खिलौने को बच्चे के सिरहाने रख देंगे। इससे माँ-बाप को भी पता चल जाएगा कि हम खिलौना लाए हैं, और बच्चा भी सुबह उठकर उसे देख लेगा।''

पर सहसा बच्चा जाग गया। दिलीप की पत्नी का ही दोष था दिलीप उसे बिस्तर पर लिटा रहा था। कि उसकी पत्नी से नहीं रहा गया और वह बच्चे के

बाल सहलाने लगी। सिर पर हाथ रखने की देर थी कि बच्चे ने माँ का हाथ पहचान लिया और आँखें खोल दीं।

"देखा? तुमने जगा दिया।" दिलीप फुसफुसाकर बोला, "इसके साथ लाड़-प्यार करना हो तो छुट्टी के दिन कर लिया करो। बाकी दिन इसे पड़ा रहने दिया करो।" फिर पप्पू को थपथपाते हुए बोला, "सो जा, पप्पू, देर हो गई है। कल सुबह स्कूल भी जाना है।" और दिलीप ने पत्नी को इशारा किया कि वह सामने से हट जाए, और पीछे और गहरे अँधेरे में चली जाए।

उसी समय बिजली आ गई और सीढ़ियों वाले दरवाजे के ऊपर लगी बत्ती जलने लगी और बाहर सड़क की बत्तियाँ भी जल उठीं, जिससे सारी छत पर रोशनी फैल गई। कुछ बत्ती के कारण और कुछ माँ के स्पर्श के कारण बच्चा जाग गया। और आँखें खोल दीं।

"पप्पू!" दिलीप ने जोर से कहा, "आँखें बन्द कर।"

"अब जाग ही गया है तो जागने दो जी, दो कौर रोटी खा लेगा।"

"श श श श !" दिलीप ने तर्जनी मुँह पर रखते हुए फिर से कहा और बच्चे की करवट बदलकर उसका कन्धा थपथपाने लगा।

पप्पू जाग गया था लेकिन बाप के डर से आँखें बन्द किए लेटा था। कुछ हमें देख पाने का कुतूहल, कुछ माँ-बाप से मिलने की उत्सुकता, वह खाट पर पड़ा-पड़ा ही आँखें मिचमिचाने लगा। थोड़ी देर बाद अपने आप ही बोला, "पापा, मैं आँखें खोल दूँ?"

"हाय, बेचारा।" मेरी पत्नी के मुँह से निकल गया।

"श श श श !" दिलीप ने फिर एक बार कहा। पर बच्चा जाग गया था। अब उसे थपथपाने में कोई तुक नहीं थी। दिलीप खीझ उठा। "अब तुम्हीं इसे सुलाओ, मैं नहीं सुला सकता।"

"दिन भर का भूखा है जी, अब जाग जो गया है तो थोड़ा खा लेगा।"

"तुम इसे बिगाड़ रही हो।"

"नहीं-नहीं, यह बिगड़ा कहाँ है। यह तो बड़ा प्यारा बच्चा है।"

इस पर मेरी पत्नी को जाने क्या सूझी, सबके सामने बोल दिया, "दे दो न जी, वह खिलौना, जो हम पप्पू के लिए लाए हैं।"

खिलौने का नाम सुनते ही पप्पू ने फिर से आँखें खोल दीं।

"तुमने सब गुड़गोबर कर दिया यार," दिलीप ने खीझकर कहा, "अब यह ग्यारह बजे तक नहीं सोएगा।"

“कोई बात नहीं, एक दिन वक्त पर नहीं सोया तो कुछ नहीं होगा।” मैंने कहा।

“तुम इसकी नींद को नहीं जानते यार, सुबह इसकी आँख खुलती ही नहीं। इसकी माँ सुबह छह बजे से इसे जगाना शुरू करती है, तो सात बजे जाकर यह कहीं जागता है। मुँह पर पानी के छींटे डालते हैं, तब कहीं उठता है।”

“कोई बात नहीं, कोई बात नहीं,” कहते हुए मैंने खिलौना थैले में से निकाल दिया। खिलौना क्या था एक मोटरकार थी, जिसके साथ लम्बी-सी तार लगी थी। तार का दूसरा सिरा हाथ में लेकर बटन दबाओ तो मोटर खड़ी हो जाती थी। फिर से दबाओ चलने लगती थी।

मोटरकार को देखकर पप्पू की आँखें फैल गईं।

वीणा ने मेरे हाथ से मोटरकार लेते हुए कहा, “लो बेटा, देखा अंकल तुम्हारे लिए क्या लाए हैं। इस पर एक बार हाथ फेर लो, फिर मुझे दे देना। खिलौना तुम्हारा ही है, तुम्हारे ही सिरहाने रख दूँगी। सुबह उठकर ले लेना।”

“पप्पू की आँखें खिलौने पर लगी थीं, पर बाप के डर से हाथ आगे नहीं बढ़ा रहा था।

वीणा ने खिलौना उसके हाथ में दे दिया।

पप्पू उठकर बैठ गया। खिलौने को हाथ में लेकर उसने हम दोनों की ओर बारी-बारी से देखा और फिर खिलौने को छाती से चिपका लिया। उसकी उनींदी आँखों में अभी भी खुमारी भरी थी।

“नहीं पप्पू, एक बार कह जो दिया। तुम केवल एक बार इस पर हाथ फेर सकते हो। इससे ज्यादा नहीं।”

पर पप्पू ने उसे और भी ज्यादा जोर से भींच लिया।

“दे दो, बेटा अब खिलौना मुझे लौटा दो। शाबाश बेटा, पप्पू बहुत अच्छा बेटा है।” दिलीप ने धीमी किन्तु दृढ़ आवाज़ में कहा।

“इसे मैं अपने सिरहाने पर रख लूँ, माँ? ” पप्पू ने शिथिल-सी आवाज़ में कहा।

“नहीं, पप्पू,” दिलीप ने डाँटकर कहा, “मैं तुम्हें अपने आप कल दे दूँगा। अब तुम लेट जाओ।”

पप्पू की आँखों में, जो क्षणभर पहले खिलौने के अंग-अंग को सहला रही थीं, दूरी-सी आ गई, जैसे खिलौने की आकृति धुँधली पड़ने लगी हो। पप्पू के सारे शरीर में एक हूक-सी उठी और उसने खिलौने पर से हाथ हटा लिए।

हम लोग उसकी खाट पर से हट गए। वीणा दूध ले आई और कटोरी पप्पू के मुँह को लगा दी। दिलीप ने बत्ती बुझा दी। सड़क की ओर से आनेवाली रोशनी हमारे लिए बहुत थी। जिसमें हम बैठकर खाना खा सकते थे।

"खिलौने को पप्पू के सिरहाने रख देते तो क्या ठीक नहीं था?" मेरी पत्नी ने धीमे से कहा, "पप्पू इत्मीनान से उस पर हाथ रखे-रखे सो जाता।"

"नहीं बहिन जी," वीणा बोली, "इससे वह सो नहीं पाता। पप्पू खिलौने के साथ बातें करने लगता है। फिर घण्टों सो नहीं पाता। उसकी सारी नींद गायब हो जाती है।"

नन्हा-सा बालक, सफेद कुर्ते और सफेद पाजामे में खाट पर लेटा बड़ा मासूम और निरीह-सा लग रहा था। मुश्किल से खाट के एक-तिहाई भाग को ही उसका नन्हा-सा शरीर घेर पाया था।

"आपने सचमुच बच्चे को खूब सिखा रहा था।"

"सिखाती नहीं तो काम कैसे चलता," वीणा बोली और उसे पप्पू के अनेक किस्से याद हो आए, "पहले बड़ा नटखट हुआ करता था, आपको क्या बताऊँ। चैन से बैठने ही नहीं देता था। जहाँ जाओ साथ जाने के लिए चिपक जाता था, एक-एक चीज़ पर मचलने लगता था। अगर हम उस वक्त से ढील दे देते तो यह सचमुच बिगड़ जाता।" कहते-कहते वीणा को कोई किस्सा याद हो आया, "आप जानती नहीं बहिन जी, यह कितना नटखट था। हमारे पिछले फ्लैट में, जिसमें हम रहते थे, एक छोटी-सी कोठरी थी। यह तब छोटा-सा था। हम इसे खटोले में डालकर बाहर से खटोले के दरवाजे के आर-पार रस्सी बाँध देते ताकि यह बाहर निकल नहीं सके। और यह पिदकू-सा, गाँठ खोलकर बाहर आ जाता। एक बार इन्होंने कुछ नहीं तो पन्द्रह गाँठ लगाई होंगी। और यह पूरी पन्द्रह गाँठें खोलकर बाहर निकल आया। ऐसा था यह पप्पू।...पर अब तंग नहीं करता।"

इस पर दिलीप ने, धीमी आवाज में, अपनी पत्नी को समझाते हुए कहा, "पप्पू के सामने उसकी तारीफ नहीं किया करो। मैंने तुमसे पहले भी कहा था। इससे वह मचल जाता है।" फिर मेरी ओर देखकर बोला, "अब सुबह फिर हाय-तोबा मचेगी। अब साहबजादे, सुबह सात बजे जाग चुके।"

"चिन्ता नहीं करो जी, अगर नहीं जागा तो खिलौने का नाम लेकर जगा लूँगी। इससे जल्दी जाग जाएगा।" वीणा ने पति को ढाँढ़स बँधाते हुए कहा।

लगभग साढ़े-नौ बज रहे थे जब हम खाना-खाने बैठे। हड़बड़ी में खाना खाया। हड़बड़ी में ही उठकर घर के लिए रवाना भी हो गए। घड़ी देखी तो सारा

तकल्लुफ भूल सीढ़ियों की ओर लपके। दिलीप बस तक छोड़ने साथ-साथ आया। बस में बैठे तो पत्नी ने पूछा, ''कोई बात हुई तुम्हारी? क्या कहते थे? खाने पर क्यों बुलाया था?''

''ज्यादा बात नहीं हुई। वक्त ही नहीं था। पर फिर भी इधर आते हुए दिलीप ने जैसे मेरे कान में बात डाल दी है।''

''क्या कहा?''

''कहने लगा, वीणा बी. एड. का कोर्स करना चाहती है। अगर तुम अपने मामू से कहकर उसे दाखिला दिलवा दो तो साल भर में वह बी. एड. कर लेगी।''

मेरी पत्नी चुप हो गई। फिर धीरे से बोली, ''इतनी भर बात के लिए खाने पर बुलाया था? यह तो तुम्हें खत में भी लिखकर बता सकते थे। तुम्हारे दफ्तर में टेलीफोन भी कर सकते थे?'' फिर मेरी ओर देख कर बोली, ''तुमने क्या कहा ?''

''मैंने कहा कोशिश करूँगा।'' पत्नी फिर चुप हो गई।

''दिलीप खुद भी बैंक के कोर्स में नाम लिखवाना चाहता है। उसकी क्लासें शाम को लगती हैं। दफ्तर के बाद जाया करेगा। उसके लिए भी कह रहा था कि मैं मामाजी से कहकर उसकी सिफारिश करवाऊँ ताकि उसे दाखिला मिल जाए।''

''दोनों दफ्तर में भी जाएँगे और कोर्स भी करेंगे तो पप्पू का क्या होगा?''

''मैंने दिलीप से यही पूछा था। कहने लगा, पप्पू अब कोई दूध-पीता बच्चा तो नहीं है ना, बड़ा हो गया है। और धीरे-धीरे और भी बड़ा होता जाएगा। अब पप्पू की वजह से कैरियर को ताक पर तो नहीं रखा जा सकता ना। यही दिन हैं जब कुछ किया-किराया जा सकता है।''

बस घरहाराती हुई अँधेरे में आगे बढ़ती जा रही थी।

❑❑❑